Crónicas

JD ABREGO

ISBN: 9798373971560

"¿Has mirado a los ojos a un jaguar? El universo entero cabe en sus pupilas: mil estrellas refulgen en su iris y centenas de cometas salen de él para refugiarse en ti. Si aún no lo has hecho, ponte de pie y mírate en el espejo. El jaguar que buscas vive allí."

Para Daenerys, Scarlett y Karla

CONTENIDO

Microficciones sobre el Anáhuac

A veces basta un puñado de palabras para expresar una gran verdad. Numerosas son las ocasiones en que solo un párrafo nos basta para sanar el alma o ponernos a reflexionar, y no por ello su mensaje es menos poderoso o contundente.

Así es este volumen que tienes hoy entre tus manos. "Crónicas" reúne los microtextos publicados en "Los Cuentos de Viento del Sur" a lo largo ya de varios años.

En sus páginas encontrarás palabras de motivación, reflexión, alivio y apoyo, todas ellas girando en torno a la mitología de los pueblos originarios de México y Centroamérica.

Este magno compendio reúne las Crónicas del Mictlán, del Campeón Jaguar, del Quinto Sol, la Sabiduría de los Ancianos y Popocatépetl e Iztaccíhuatl, entre otros.

Es el producto de muchos soles y lunas. Espero, de todo corazón, que sea de tu agrado.

JD Abrego "Viento del Sur"

CRÓNICAS DEL QUINTO SOL

"Voy a alcanzar el cielo. Y no es porque me digas que no puedo,
sino porque yo quiero. "

~•~

"Y si cada uno por su lado
vale tanto como el oro,
tal vez juntos seamos más:
Igual que una perla
a mitad del mar,
un ave de verano
que se negó a migrar,
o una vida que resucita
cuando ya se iba a acabar."

~•~

"El canto del quetzal
va siempre al corazón,
y entre ricos y pobres
él no hace distinción."

~•~

"Canta el cenzontle
en el jardín,
dejando su ilusión
en cada nota.
Habla su melodía
de sacrificio,
crueles verdades
y cosas rotas."

~•~

"Nadie olvidará lo que fuimos, porque la grandeza siempre
sobrevive al tiempo.
Quizá se sequen los lagos, pero nunca se perderá su recuerdo...
¡Mil poemas se cantarán sobre la ciudad del águila y el jaguar!

¡Imposible será no honrar a la mítica Tenochtitlan!"

~●~

"No finjas pena por el árbol que hoy yace sobre el suelo mojado,
pues fuiste tú quien ayer ayudó a derribarlo."

~●~

"Es en la sonrisa
de un niño,
donde reside
la esperanza
de una tierra
que hoy,
ya no espera nada."

~●~

"Nada dejé atrás,
nada espero
encontrar adelante."

~●~

"Somos fuego
que no quema,
agua que no moja,
aprendices
de todo, pero
maestros de nada."

~●~

"Alza tu espada,
que el filo
de la obsidiana
brille bajo el sol,
y que sea tu brazo
quien libre al mundo

de su eterno dolor."

~•~

"He visto a la noche comerse al día, y he visto a la luna transformarse en sol, pero jamás he visto a un cobarde convertirse en valiente a la mitad de una batalla."

~•~

"Dicen que la muerte sonríe cuando nos recibe, porque fue ella quien nos trajo y está feliz de que regresemos a verla."

~•~

"...Y abrió las manos mientras la luz del sol se derramaba sobre ellas. Soñó con un nuevo mundo, uno donde siempre existiera la promesa de un nuevo mañana..."

~•~

"La noche cayó de pronto y el mundo se sumió en la más profunda oscuridad. Los Ancianos pidieron calma, asegurando que el día volvería. Todos les creyeron, pero yo sabía la verdad: el cuarto sol ya jamás regresaría."

~•~

"Cuatro serpientes emplumadas descendieron del cielo nocturno. Rodearon el templo y lo cubrieron de luz multicolor. Todos lo vieron, pero aquel acontecimiento resultaba tan increíble, que el pueblo entero decidió ignorarlo. Es más fácil ser como los demás que comenzar a creer..."

~•~

"Y cuando los dioses se aburran de nosotros, la tierra y el cielo se caerán a pedazos, destrozando por igual nuestros sueños y pesadillas. Y cuando los dioses se aburran de nosotros, estaremos solos, y no habrá Luna ni Sol donde posar los ojos..."

~●~

"De un momento a otro, la Luna se comió al Sol, sumiendo al Anáhuac en la más terrible oscuridad. Los Ancianos pidieron calma, pero el pueblo sabía bien lo que estaba pasando: el final de nuestro mundo se aproximaba..."

~●~

"La gente dice que los dioses son malos, que gozan con nuestro dolor y se regocijan con nuestro sufrimiento.
Yo no lo creo. Pienso más bien, que tenemos los dioses que merecemos."

~●~

"Y terminó un nuevo ciclo, con sus 20 meses y sus 360 amaneceres. Y temimos durante los 5 días malditos que el sol no saliera de nuevo, pero salió... Eso quiere decir que los dioses nos han perdonado, y que, por alguna extraña razón, siguen confiando en nosotros..."

~●~

"La muerte no es el fin, es solo el primer paso hacia una nueva vida."

~●~

"...Y el sol se hizo añicos frente a mis ojos sin que pudiera hacer nada para evitarlo. Poco puede hacer un simple mortal cuando los dioses han decidido terminar con todo..."

~●~

"En medio de la espesa noche, me pareció ver los ojos de un jaguar recorriendo la densa selva. Tal vez había salido a cazar, o quizá quería avisarnos que su mundo (y también el nuestro) estaba a punto de ser exterminado."

"Escucha el cantar del cenzontle. Cierra los ojos y deja que cada una de sus notas tome un lugar en tu corazón. Dibuja una sonrisa en tu rostro y deja volar tus pensamientos. El nuevo mundo por fin ha llegado."

"Dime abuelo,
si mañana desaparece el sol,
¿Quién se alzará sobre el cielo
entonces para iluminar
nuestro camino?"

"Tras la caída del cuarto sol, las estrellas decidieron ocultarse y no aparecer durante largo tiempo. Decidieron huir dejando a los humanos a su propia suerte. La raza que había dejado morir al Sol no merecía ni un simple tintineo de su luz."

"Mira mis ojos y dime: Si el día de mañana un dios olvidado te pidiera una plegaria ¿Se la darías? Y si otro te tendiera la mano solicitando ayuda, ¿lo ayudarías? Dime, ¿estarías dispuesto a rescatar en lugar de ser rescatado?"

"La serpiente descendió del templo con lentitud, como esperando que todos los rayos del sol se concentraran en cada una de las escamas de su piel. Si hubiera de regresar algún día, ese día tendría que ser ahora."

"Los días pasan lento cuando observas las nubes; quizá allá arriba todo es diferente y tal vez la vida humana sea un simple y breve suspiro ante la mirada de los dioses."

~•~

"Tras destruirse el sol, los dioses abandonaron el Anáhuac sumidos en la más profunda de las penas; le habían fallado a todas aquellas personas a las que una vez juraron proteger."

~•~

"Y se encontraron dos mundos que nunca debieron encontrarse, fundiendo sus ojos el uno en el otro con un poco de admiración y un tanto de desconfianza, preguntándose a sí mismos quién ganaría una guerra que ni siquiera había empezado."

~•~

"Entiendo por qué hacemos la guerra, pero no lo comprendo"

~•~

"Sólo aquel que siente miedo puede ser valiente"

~•~

"La luna no mira hacia abajo. Somos nosotros quienes miramos hacia arriba..."

~•~

"Todo lo cierto es efímero. Cuando alguien te diga que su verdad es eterna, sonríe y prepárate para que te mientan"

"La luna se oculta del sol por una sencilla razón. Le prometió algo que olvidó cumplir. Ahora ha pasado tanto tiempo ya que incluso no recuerda que fue lo que prometió. Quizá mañana también olvide que le hizo una promesa al sol. Y cuando llegue ese día, finalmente se podrán volver a encontrar"

"Cuando el viento sopla fuerte, el humano tiembla al mirar al árbol, pensando que caerá sobre él. Cuando el viento sopla fuerte, el árbol tiembla al ver al humano, porque sabe que está vez, el humano tendrá un pretexto para cortarlo"

"Allá, en la tierra donde nace el sol y se muere la luna, el mundo se rompe y se vuelve a armar con cada día, y los humanos despiertan siempre en diferentes lugares, y sin embargo jamás se preguntan ¿por qué?, sólo miran al cielo dicen: gracias por dejarme despertar otra vez..."

"Y llegará el día en que los héroes nos abandonen, cansados de las decepciones y los malos tratos, hartos de nuestra ingratitud y el pronto olvido. Y no podremos culparlos, porque habremos sido nosotros, y sólo nosotros, los responsables de haberlos alejado..."

"Incluso lo eterno se termina. Lo aprendí de un dios que fue olvidado. Quisiera agradecerle, pero ya no recuerdo su nombre"

"Cuentan que el armadillo siempre lleva su casa a cuestas, porque allá donde vaya, siempre será su hogar"

"Vivir es una gran aventura. Morir es un gran final"

"Poco importa si eres un macehualtin, un pochteca, un campeón, un sacerdote o incluso un Tlatoani. El mundo nunca ha dejado de girar por nadie, y no lo hará por ti"

~•~

"Los dioses nos mienten. Nuestro destino aún no está escrito"

~•~

"No es que los campeones sólo se alcen en tiempos de necesidad, es más bien que sólo se alzan cuando en verdad se les necesita"

~•~

"El corazón de una madre se detiene cuando su hijo se marcha a la guerra, y sólo vuelve a latir cuando lo ve regresar a casa."

~•~

"Contó mil leyendas alrededor de la hoguera. Cuando se apagó la llama, él se fue dormir. Sus hijos se fueron a soñar..."

~•~

"Al viento no le interesa la lluvia. Podría caerse el cielo e inundar templos y calzadas. Y él seguiría soplando."

~•~

"Y se quemarán cuatro soles antes de dar paso al definitivo. Pero los humanos no podrán reconocerlo, porque estarán ocupados buscando tesoros en el suelo."

~•~

"El quetzal vuela siempre en dirección contraria al viento, esperando que las potentes corrientes de aire eleven su cuerpo y lo arrastren hasta lo más alto del cielo. Quizá ahí su canto sea más apreciado que en el vulgar y violento mundo humano."

~•~

"Dicen que la luna está condenada a morir y renacer una y otra vez. Que por eso nace llena y con el pasar de los días se cae a pedazos. Tal vez sea por eso que nadie puede ver nada cuando en el cielo hay una supuesta luna nueva."

~•~

"Mienten cuando dicen que la muerte es un sueño eterno, es más bien un despertar."

~•~

"Y pensaron que los dioses se detendrían al ver el caos causado tras la destrucción del cuarto sol. Pero se equivocaron. Los poderosos jamás se conmueven con el dolor del débil."

~•~

"Amaba muy poco y odiaba demasiado. Desapareció de la faz de la tierra sin que nadie pudiera recordarlo."

~•~

"Cuando vio en lo que se había convertido el Anáhuac, Quetzalcóatl dio la medio vuelta y emprendió el viaje de regreso al mar."

~•~

"El sacerdote ascendió las escaleras del templo lleno de dudas y temores. ¿Sería el sacrificio la única forma de calmar al voraz Huitzilopochtli? Hay cosas que, aunque es mejor no averiguar, bien vale la pena intentar..."

~•~

"...Y después de destruido el cuarto sol, pasaron 6 siglos de penumbra total en el Anáhuac. La gente aprendió a vivir en las sombras y prescindir de la luz. Tan acostumbrados estaban ya a la oscuridad que, cuando el Quinto Sol surgió, lo creyeron su enemigo e intentaron derribarlo con lanzas y piedras. No les gustaba la intensa luz que irradiaba el brillante invasor..."

~•~

"Hubo dioses que crearon el mundo tal como lo conocemos. Plantaron árboles, vertieron mares e iluminaron el cielo. Pero rápidamente fueron olvidados, pues los humanos solo querían creer en deidades violentas y sanguinarias. Así que aquellos antiguos dioses decidieron abandonar a los humanos a su suerte. Si querían violencia y odio, entonces eso tendrían..."

~•~

"Canta el cenzontle a mitad de la mañana, y los corazones se alzan buscando el rayo del sol. El universo nos ha regalado un nuevo día, y como pago sólo pide una sonrisa."

~•~

"El canto de los cenzontles despertó al maltrecho guerrero. Desorientado, tomó su escudo de plumas y miró alrededor buscando al ejército enemigo. Nadie estaba presente en el campo de batalla. Ni sus rivales ni sus aliados. La guerra había acabado con todos y con todo... Los sabios tenían razón, no hay nada más inútil en este mundo que una estúpida guerra."

~•~

"Y llegará el día en que el cielo se caiga arrastrando consigo a la luna y las estrellas. Será en ese momento cuando el pueblo del maíz se dé cuenta de que su mundo está perdido."
"Los sueños son frecuentemente devorados por la realidad, sin embargo, en ocasiones consiguen indigestarla, provocando así que suceda un milagro."

~•~

"El gran error de los dioses fue creerse eternos. ¡Necios! ¿Qué nunca pensaron en lo que les pasaría si dejáramos de creer en ellos?"

~•~

"No hay sol en este universo que sea capaz de dar calor a un corazón decepcionado."

~•~

"En el corazón de la montaña, allá donde el tiempo pierde su nombre, habita un dios de enorme poder, cuya voz es capaz de provocar destructivos terremotos y poderosas olas. Hay quienes aseguran que tiene cara de jaguar y alas de quetzal, pero la verdad es que nadie ha estado en su augusta presencia y ha regresado para contarlo. Dicen que odia a los humanos adultos, pero que tolera a los niños, pues disfruta sus juegos y adora sus dulces risas. Cuentan que existe desde el principio de los tiempos, y que incluso él mismo ha olvidado su nombre.
Pero no es verdad.
He soplado en los alrededores de su palacio, y una vez lo oí hablar.
Miró a la nada y dijo:
Este no es lugar para el viento. Aquí sólo hay lugar para un dios.
Y ese soy yo...
El gran Tepeyollotl..."

~•~

"Y al morir el último de los 4 soles, Quetzalcóatl decidió hacer un último intento de regalarle la luz al hombre y a la mujer; descendió al Inframundo, buscando arrebatarle la última de las bolas de fuego al poderoso Mictlantecuhtli. ¿En verdad podría la Serpiente Emplumada engañar a la misma muerte y salir ileso del Mictlán? ¿O la oscuridad envolvería al Anáhuac para siempre?"

~•~

"A los ojos de los demás era una simple tormenta, pero a los míos se trataba del llanto de los mismos dioses; ¿es que nadie podía darse cuenta de que el corazón del mismo cielo se estaba cayendo a pedazos? ¿Es que nadie podía ver que ya no brillaba el sol?"

~•~

"Este mundo también está destinado a perecer. Anoche me lo dijo el viento, mientras mecía las hojas de los árboles y silbaba entre

25

las nubes grises.
Este mundo también tendrá un final, y sin importar lo que hagamos, tarde o temprano, este sol se habrá de acabar."

~•~

"Los dioses hablan a nuestras espaldas; planifican nuestro destino a sabiendas de que siempre luchamos por corregirlo; ponen piedras en los senderos lisos y cascadas en los ríos tranquilos... ¿por qué lo hacen? Simplemente porque pueden hacerlo..."

~•~

"Desperté en un mundo devastado y caótico, donde los animales se negaban a beber agua y los humanos caminaban erráticos con la mirada pérdida.
Me compadecí de ellos y volé hasta lo más alto del cielo para calentarlos. Fue ahí cuando humanos y animales tomaron conciencia de mi presencia, adorándome y agradeciendo mi luz.
Y en medio del caos, dijeron mi nombre.
Supe que era el mío porque solo yo podía ser llamado así. Solo yo podía ser ese Tonatiuh del que todos hablaban..."

~•~

"Cuatro soles tuvo que devorar el abismo para que nos diéramos cuenta de que la oscuridad siempre hemos sido nosotros."

~•~

"Tal vez mañana el mundo deje de moverse tanto, y al fin los árboles puedan reposar en paz sin que nadie pretenda arrancar sus ramas.
Tal vez mañana los sueños por fin puedan volverse realidad, y aquellos que han temido tanto, al fin conseguirán sonreír sin miedo a ser señalados."

~•~

"El mundo que fue

nadie recuerda ya,
y el mundo que será
nadie desea soñar.
¿Solo importa
el presente?
¿O es solo que
le tememos
al ayer
y a todo lo que
puede ser?"

~•~

"De las ruinas del Anáhuac se alzaron centenas de cadáveres putrefactos, seres ansiosos de sangre, hambrientos de violencia y destrucción. Tenían cuatro brazos y el cráneo pelado; si alguna vez le pertenecieron a este mundo, tuvieron que ser parte de sus peores pesadillas..."

~•~

"Y cayeron uno, dos, tres, cuatro soles... y como si nada hubiera pasado, dejamos que el quinto sol nos bañara con sus rayos y nos iluminara con su fulgor. ¿Será que en verdad no aprendimos nada? ¿Será que preferimos olvidar a recordar?

~•~

"Si se marchitan las flores,
¿Quién perfumará los campos
y adornará los montes?
¿Quién trenzará los cabellos
de las doncellas
y aliviará las tristezas?
Si se marchitan las flores,
¿Qué será de ti? ¿Qué será de mí?"

~•~

"Sumido en el polvo de una estrella que se extinguió hace ya mucho tiempo, duerme el recuerdo lejano de un imperio devastado. Ahí yace ahogado en la melancolía, presa eterna del cruel vacío del olvido. ¿Despertará algún día? ¡Quizás! En las entrañas del universo todo es posible, incluso un nuevo e improbable despertar..."

~•~

"Contemplé con terror y desconcierto aquel mundo en llamas que se alzaba ante mí: los templos se caían a pedazos, los estandartes de plumas eran desgarrados por furiosas ráfagas de viento, y mi pueblo, otrora orgulloso, caminaba cabizbajo, con enormes piedras sobre sus espaldas...
—¿Qué clase de sueño es este? —me pregunté.
Nadie respondió. Quise despertar, pero no pude hacerlo. Era demasiado tarde, mi pesadilla se había vuelto realidad..."

~•~

"Y entonces sucedió que hubo un nuevo concilio divino, donde los dioses que un día crearon el sol se reunieron una tarde para destruirlo. La tristeza empañaba sus ojos, y la decepción inundaba sus corazones: alegaban ingratitud por parte del pueblo del maíz, al que ahora consideraban burdo y servil.
Hartos de soportar tanto dolor, devoraron cada rayo de luz para dar paso al ocaso. Fue así como el Quinto Sol dejó de existir, y el mundo que una vez cobijó empezó a morir."

~•~

"Cuando se apague el sol
y la luna deje de alumbrar
el vasto cielo azul,
¿Quién guiará nuestros
pasos?
¿Quién iluminará nuestros
sueños?

¿Habrá la suficiente luz
en cada uno de nosotros
para hacer frente a
la oscuridad?
¿O las tinieblas nos engullirán
para siempre?"

~•~

"Llegarán tiempos adversos en los que se deje de oír el canto del
cenzontle y sea imposible encontrar en el cielo un solo colibrí;
vendrán épocas terribles en los que las mazorcas nazcan sin maíz
y las flores pierdan su color. Serán los días previos a la muerte del
sol y ya nada habrá por hacer. Por eso te pido que no dejes
palabra sin decir, amor sin expresar, ni campo por sembrar.
Recuerda que incluso el mañana un día se habrá de terminar."

~•~

"¡Qué cruel es la guerra!
qué arrebata hijos,
hermanos y esposos
sin mostrar pena
ni remordimiento.
¡Qué injusta la guerra!
que deja volver
a algunos
y entierra en el campo
a otros.
¿Será que en ella
nadie gana?
¿Será que en ella
todos pierden?
Cruel es la guerra,
que, aunque se pelea hoy,
deja un eco para siempre..."

~•~

"Y cuando cese el canto del quetzal, y el jaguar deje de rugir, el pueblo del maíz comprenderá que nunca debió herir a la tierra con una ciencia que era incapaz de comprender. Y entonces, cuando el cenzontle emita su última nota, ya será tarde. Demasiado tarde..."

~•~

"Y cuando nos levantemos otra vez, las chinampas se llenarán de flores y el aire se endulzará con el copal; el cenzontle volverá a cantar y el quetzal regresará a reclamar el cielo que siempre fue suyo. Cuando nos levantemos otra vez, esa melodía que todos olvidaron, al fin se volverá a oír."

~•~

"La lluvia de Tláloc inunda las calzadas, y yo, agotado caminante, permanezco inmóvil a mitad del pequeño diluvio. La gente corre apurada a buscar refugio, y me mira con extrañeza al notar que me niego a abandonar mi desafortunado lugar. ¿Acaso no pueden ver que la lluvia purifica? ¿Es que son incapaces de agradecer el regalo de un dios? No te angusties, poderoso Tláloc, al igual que a ti, nadie me ha comprendido todavía..."

~•~

"Ayer vi a un jaguar merodeando en las afueras del templo. Le seguí tan de cerca como fui capaz, y en un giro imprevisto del felino nuestros ojos se encontraron. Puedo jurar que el mismo universo resplandeció en sus ojos, y el odio, presente en ellos de forma sutil, me advirtió sobre la desaparición del sol, la luna y las estrellas. ¿Hablaba con la verdad? ¿Qué ganaría el jaguar con mentir? ¿Qué ganaría yo con creer?"

~•~

"Te equivocas. Mis dioses no están en los templos que derribaste, ni tampoco en los ídolos que destruiste.

Mis dioses están en la tierra, el cielo y el agua. Viven en el maíz, en la semilla de cacao y en los campos de fríjol.
Mis dioses nunca se van, porque viven en el alma de un pueblo al que nunca podrás arrebatar su libertad."

~•~

"Y no había en el Anáhuac criatura más hermosa que Papalotl: sus alas estaban hechas de luz de luna y rayos de sol, y sus ojos, siempre fulgurantes, parecían contar historias de tiempos pasados y lugares lejanos. A veces volaba muy bajo, y otras, volaba muy alto. ¿Era porque le pertenecía tanto al cielo como a la tierra? ¿Sería que tanto dioses como humanos podían gozar con su presencia?"

~•~

"El universo mismo se cimbró cuando fue creado, y las estrellas, siempre curiosas, corrieron sin demora a ocultarse en la más oscura de las noches. Pocos se atrevían a mirarlo de frente, pues sabían que su divina luz de inmediato los cegaría. ¿Qué clase de sol era este? ¿Sería el definitivo este sol número cinco?"

~•~

"Recorrió un camino infinito lleno de falsos dioses y promesas vacías. Sintió que pronto seria devorada por la inmensidad, y estuvo a punto de dejarse caer en uno de los tantos abismos que encontró. Mas no lo hizo. Sabía que tarde o temprano, encontraría la luz; si la oscuridad es densa, es porque el sol se acerca."

~•~

"...y los dioses se preguntaron si valía la pena crear un nuevo sol. La mayoría prefería mantenerse en la oscuridad, lejos de la maldad y la codicia humanas. Solo dos decidieron darle una nueva oportunidad a la vida. Mas cuando llegó el momento de sacrificarse por esos que no lo merecían, uno de los dioses se arrepintió; ¿por qué morir en nombre de aquellos que nada agradecían?"

~●~

"Le dijeron que brillaría para siempre, y él se lo creyó.
Jamás pensó que sus rayos se extinguirían. Nunca imaginó que sus llamas se apagarían.
Y cuando llegó el ocaso, y su luz se terminó, quiso culpar a los demás. Pero no había nadie a quien culpar. Todos se habían ido ya..."

~●~

"No te desanimes; tal vez los dioses nunca nos dieron la espalda.
Quizá solo estamos mirando hacia el lugar equivocado."

"El sol brilla.
Los corazones laten
y los pájaros cantan.
¿A dónde han ido
las sombras?
¿A dónde ha marchado
el odio?
Siguen ahí,
en tu interior,
esperando el momento
de atacar.
De ti depende
que los ahogue la virtud,
de ti depende
que los contenga el jaguar."

"Somos palabras que los dioses dijeron una vez y luego olvidaron después.
Somos fuego, a veces ceniza, a veces incendio.
Somos mucho cuando nos tomamos de la mano y poco cuando empezamos a odiarnos.
Somos contradicción y acierto, milpa y sequía, recuerdos que ya todos han olvidado.
Somos los hijos del Quinto Sol, a veces enemigos, a veces hermanos..."

"No. No es solo un sueño. Son las notas de la libertad, el canto de la alegría, la melodía de la felicidad. Es la canción del cenzontle y el quetzal, el mágico mensaje que busca tus oídos para una sola palabra susurrar: Despierta, morador del Anáhuac, despierta..."

"Ayer escuché tu llamado. Me dijiste que necesitabas mi carne para ser sol. No te creí. ¿Por qué habría de hacerlo? ¿Quién puede esperar algo del pobre Nanahuatzin? Pero estoy aquí, frente a la enorme hoguera, aguardando a que me llames de nuevo. Si me necesitas para ser sol, no seré yo quien cierre los oídos a tu voz."

"Y caerán Tlatelolco e Iztapalapa, y luego le seguirán Texcoco y Azcapotzalco. Y destruirán a los ídolos en los templos, y los reemplazarán con toscas figuras venidas de muy lejos. Pero no todo estará perdido, porque la luna aun seguirá brillando.
Y allá, en el centro del lago, donde crece la hierba amarga, ahí germinará la semilla; ahí donde todo murió una vez, el eterno Anáhuac volverá a nacer. "

"El rostro del sol Tonatiuh se oscureció de pronto; alguien se había posado frente a él, y solo dejaba ver tras de sí un diminuto halo de luz. ¿Era solo la luna paseando frente al dios? ¿O se trataba del presagio de algo mucho peor? La destrucción tiene muchas caras, y quizá esa era una de ellas."

~•~

"¿Qué mundo le heredaremos a nuestros hijos si continuamos sembrando la discordia en lugar de la paz? ¿Qué clase de luz iluminará sus pasos si los enseñamos a andar entre las sombras en lugar de dar la cara al sol?"

~•~

"¿Qué hace diferente a este sol del resto? ¿Por qué habrán de ser sus rayos distintos a los que ya han bañado esta tierra? ¿Cuántas noches escaparán de su luz? ¿Cuál será su lugar en este mundo? ¿Será el definitivo o simplemente será el Quinto?"

~•~

"No había nada, sólo penumbra. Luego un pez brincó en un arroyo, y el sonido del agua salpicando hizo eco en el vacío. Pronto más peces llenaron el caudal, intentando sin éxito, saltar a donde una vez estuvo el cielo. La de la falda color turquesa los miró de soslayo y después lloró. A pesar de todo, seguía amando a sus hijos del cuarto sol."

~•~

"¿Qué será de la tierra cuando sus hijos la manchen de sangre y la envuelvan en llamas? ¿Qué será de los dioses cuando los hombres dejen de creer y las mujeres paren de cantar?
¿Qué será del sol cuando ya nadie lo observe?
¿Qué será de él cuando todos miren al suelo en lugar del cielo?"

"Brilló por última vez antes de desaparecer. Luego todo fue tristeza y penumbra, oscuridad y dolor... Algunos viejos preguntaron a dónde había ido al sol. Los más jóvenes los miraron desconcertados y luego dijeron: lo sentimos, no sabemos de qué nos están hablando..."

~•~

"Se reunieron en torno a la hoguera y dijeron:
—¿Y ahora quién será sol?
Pero nadie respondió. Tras un silencio sepulcral, uno que no estaba en el círculo del concilio alzó la mano tímidamente para ofrecerse al sacrificio. Los demás asintieron y entonces aquel se lanzó de cara al fuego. Nadie supo su nombre, pero tampoco ninguno olvidó su sacrificio."

~•~

"Cuando las palabras
se las lleva el viento
y los dioses dejan de escuchar,
es momento de ponerse en pie
y comenzar a danzar;
bailar bajo la luna y el sol,
moverse al ritmo del tambor...
¡Dancemos otra vez!
¡Que los dioses allá en el cielo
nos vuelvan a ver!"

~•~

"Cuatro quetzales volaron en distintas direcciones, dejando tras de sí una estela multicolor que iluminó la oscura noche. Las sombras huyeron de la luz, y los dioses que dormían despertaron de su largo sueño.
Quizá la penumbra no termina cuando llega el sol, sino cuando uno se decide a abrir los ojos."

~•~

"Mañana las aves dejarán de cantar. El viento dejará de soplar y la

luna dejará de brillar. Cesarán las danzas y callarán los poetas.
Morirá la esperanza, desaparecerán los sueños.
Lo sé porque mañana se apagará el sol, y con él nos apagaremos
también."

~•~

"Y aquellos seres atacaron sin piedad a Tonatiuh, rasgando su faz
y devorando cada rayo de luz emanado por sus ojos. Su intención
era sumir al Anáhuac en la más profunda oscuridad, convirtiendo
una noche común en el más terrible de los eclipses. ¿En verdad
sería ese el día en que las sombras apagaran al Quinto Sol? "

~•~

"Los dioses miraron hacia el Anáhuac con desdén e indiferencia,
preguntándose si en verdad valía la pena seguir conservando el
Quinto Sol que mantenía viva a la raza humana. Conversaron
entre ellos y llegaron a la conclusión de que les darían más
tiempo, sin embargo, nunca mencionaron cuánto..."

~•~

"Se ha encendido el Fuego Nuevo, y los sueños, antes rotos y
olvidados, vuelven a crepitar entre sus llamas, cubriéndose una
vez más de esperanza y luz.
Y así, mientras arde este Fuego Nuevo, miles de ojos prometen
mirar, jurando a las estrellas que esta vez, nada ni nadie los hará
la vista bajar..."

~•~

"Y si un día desaparece el sol, ¿qué será de nosotros?
¿Nos convertiremos en parte de la inmensa oscuridad?
¿o seremos capaces de encontrar esa chispa de luz que siempre
ha vivido en nuestro interior?"

~•~

"Ayer soñé que podía tocar al sol; que nos mirábamos a los ojos y
bailábamos en el firmamento, tomados de las manos, ajenos por
completo al tiempo...
Ayer soñé que aún había sol, pero hoy que miro hacia el oscuro
cielo, me doy cuenta de esa bella luz fue tan solo un lejano
sueño..."

~•~

"La primera noche de invierno ocurrió algo muy particular: una
serpiente hecha de fuego y luz cruzó el cielo, dejando tras de sí
una estela de polvo multicolor. Las estrellas se fundieron con su
brillo, y la noche se volvió día, y el día se volvió sol. ¿Sería este el
comienzo de un nuevo mañana?

~•~

"Cuéntame otra vez esa historia, abuelo: la de la ciudad rodeada
de agua y cultivos flotantes. Esa donde los valientes usaban pieles
de jaguar y enormes penachos con plumas de quetzal.
Cuéntamela otra vez, abuelo, que quiero imaginar cómo hubiera
sido vivir en ese lugar al que llamaban Tenochtitlan..."

~•~

"Una grieta se abrió en el suelo, luego un lamento se sucedió a
otro, y en apenas un instante el caos se apoderó de la aldea. Cayó
el templo circular, y se vino abajo la casa de los pochtecas; sin
duda se trataba de la visita de Tepeyollotl, el dios jaguar que
cuando se despierta, hace que se cimbre la tierra..."

~•~

"Soy un águila, y voy a volar. No importa cuántas veces intentes
atar mis pies al suelo, siempre me las arreglaré para despegar. Soy
un rayo de luz, un pequeño trozo de sol, y allá en el cielo está mi
lugar, allá en el cielo está mi hogar..."

"Ayer fui testigo de la muerte del sol. El mundo oscureció de pronto y nos quedamos sumidos en la más profunda penumbra. Los sacerdotes comenzaron a orar y a danzar, pero ¿acaso hay alguna plegaria capaz de devolver al sol a este lugar?"

"Y aquí estoy,
de pie nuevamente,
esperando a que el sol
salga otra vez.
¿Será que Tonatiuh
volverá a brillar
mañana?
¿O la oscuridad
nos engullirá
para siempre?"

"Tal vez el nuevo sol nos devuelva todo aquello que nos fue arrebatado; tal vez su luz nos regrese las ganas de volar y los deseos de rugir; tal vez todo vuelva ser como ayer... Sí, quizás el mañana sea la oportunidad que siempre deseamos tener..."

"Si alguna vez fuimos garras de jaguar, ¿por qué cesamos de pelear?
Sí antes fuimos plumas de quetzal, ¿por qué ya no hemos vuelto a volar?
Y si fuimos un día orgullosos cenzontles, ¿por qué hemos dejado de cantar?"

"A menudo pienso en la muerte. No solo la mía, sino la de todos los seres vivos. No sé cómo ocurrirá, ni cuándo lo hará, solo sé que ese día, el sol ya no habrá de despertar..."

~•~

"Callejuelas olvidadas
llenas de lanzas rotas.
Cielo azul
teñido de rojo y
plumas de quetzal
flotando en el viento;
¿Es que hay vida
después de la conquista?
¿Es acaso que el sol
sigue siendo el vencedor?"

~•~

"¿Es que acaso se puede ser sol siendo viento? ¿No serán tus
rayos demasiado violentos e impredecibles? ¿No consumirás los
ríos y el mar con tan solo un furioso soplido?
¿Qué no entiendes que son dos cosas diferentes? ¿Que no ves
que el viento debe soplar y el sol alumbrar?

~•~

"...y entonces el sol fue cubierto por una sombra gigantesca, más
grande que el Anáhuac mismo. Nadie perdió la calma, pero
tampoco hubo alguien que guardara alguna esperanza: ¿sería este
el fin del Quinto Sol? ¿sería que Tonatiuh ya jamás regresaría?"

~•~

"Ya todos olvidaron al jaguar de piel oscura que una vez fue sol.
Ya nadie en el Anáhuac guarda un recuerdo suyo, y ninguno de
sus rayos sobrevivió al derrumbe de aquella primera era. Dime,
viajero, tú qué has oído su crónica, ¿aún tienes espacio en tu
corazón para el viejo Tezcatlipoca?"

~•~

"Allá, tras esa montaña de frágiles rocas porosas, duerme un dios que ha olvidado su naturaleza mística. Se dice que no quiere despertar para no volver a vernos, y que, si algún día abre los ojos, negará ser un dios, y hará oídos sordos a nuestras plegarias. ¿Será que nada quiere saber de nosotros? ¿Será que solo quiere ver desaparecer al pueblo del Quinto Sol?"

~•~

" Y si llegas volando al cielo,
dale mis saludos al sol
y regálale una sonrisa
de mi parte.
Dile que aquí abajo
agradecemos
su quinta aparición,
y que, aunque no merecemos
el brillo de su luz,
danzamos alegres
bajo sus rayos.
Dile que ya aprendimos
a amarlo,
y que poco a poco
aprendemos cómo cuidarlo."

~•~

"Tres soles habían caído ya cuando ella ascendió al cielo. Su rostro iluminó el Anáhuac con un bello resplandor azul, y durante años la gente se regocijo con su calor y su luz. Pero todo lo bueno ha de terminar, y el sol de agua terminó por volverse lluvia, y la lluvia se volvió diluvio. Pronto la diosa de la falda color turquesa contempló con horror cómo su creación se venía abajo, cómo su mundo se hacía pedazos..."

~•~

"El mundo nunca se termina, solo empieza de nuevo..."

•

Crónicas del Mictlán

"Y si me come el tiempo,
que me coma completo;
que se lleve mis ganas
de reír,
pero que también se lleve
mis ganas de llorar."

~•~

"Perdidos en la inmensidad, cuatro cenzontles entonaban una triste melodía; lamentaban el no poder verse, pero lamentaban aún más el no poder encontrarse."

~•~

"No me busques en mi sepulcro, porque no estoy ahí; mejor búscame en el Cielo, ahí tras las nubes, me verás sonreír."

~•~

"Cuando llegues al Mictlán, háblales de mí; diles que siempre te amé y que fuimos amigos inseparables; diles que para mí no solo eras un perro, sino también mi eterno compañero."

~•~

"Dicen que del otro lado nos espera la gloria. No estoy seguro de ello, pero sí sé que no tengo miedo de seguir adelante."

~•~

"Vivo rodeado de tanta luz, que no me extraña ser una simple sombra."

~•~

"La madre naturaleza siembra vida y cosecha alegría. La naturaleza humana siembra discordia y cosecha guerra. Es por eso que el pueblo del maíz no sobrevivirá al quinto sol"

~•~

"Sentado bajo la sombra de un gran árbol de *tzapotl*, el gran Xolo
color de tierra miraba atento el Anáhuac que había dejado atrás.
Sonrió al ver al joven Xolo *tlacaztli* juguetear con las personas que
una vez amó. Sin dejar de mirar, desconectó su mente y se
permitió soñar. Un día volvería a verlos, y sería sólo él y nadie más
que él, el itzcuintli que guiara a su familia hasta su descanso final
en el Mictlán"

~•~

"He escuchado el canto del cenzontle por las mañanas, haciendo
eco en cada calle y en cada alma.
He visto al águila volar rauda y veloz, acechando constantemente
a ingenuas presas.
He tocado el rostro de un joven ciervo, que pasta confiado en el
campo, ajeno por completo al miedo y el dolor.

~•~

He aspirado el olor de los peces cuando brincan por encima del
agua y parecen sonreírle a la luna cuando sube la marea.
Pero nunca he probado el sabor de la miel, aquella que endulza la
vida y hace que se olviden los temores y sin sabores.
He vivido mucho, pero si hay algo que le pido al cielo, es que me
dé la oportunidad de vivir tan solo un poco más..."

~•~

"Hay una cosa que deseo pedirte, pequeña mariposa de oscuras
alas: mañana que vueles de regreso al mundo de allá arriba, no
dejes de visitar a aquella a la que dejé atrás; recuérdale que
esperaré por ella sin importar cuando tiempo haya de pasar, y
que, por un beso suyo, valdría la pena morir una vez más."

"Escúchame hijo;
ayer la luna se durmió
mirando tus ojos,
y le pedí con insistencia
que velara tu sueño,
que te alejara del mal,
y que te hiciera un hombre
de bien.
Le rogué que te cuidara
allá donde yo no estoy,
que iluminara tu camino
después de dormirse el sol,
y que te mantuviera lejos
del lugar a donde yo voy..."

~•~

" Y si tu itzcuintli te abandonara a la mitad del camino al Mictlán?
—¡¡¡Eso sería muy injusto!!!
Y si lo es, ¿por qué lo abandonas tú a la mitad del camino de la
vida? "

~•~

"Y si nos sorprende la muerte,
que nos sorprenda juntos,
porque no estoy dispuesto
a marchar al Mictlán
si no entro en él
contigo de la mano."

~•~

"Cuando te llegue la hora de partir, abre tus manos y suelta todo
aquello a lo que le has tenido apego. Sonríe y avanza sin mirar
atrás, deseando suerte a los que se quedan y uniéndote feliz a los

que ya se van."

~•~

"No quiero lágrimas el día de mi partida, sino flores y redobles de teponaztli; que las jarras con octli circulen y alegren los corazones, para que mi paso al otro mundo sea motivo de dicha y no de sinsabores.
No quiero llanto cuando se me apague el sol, porque la tristeza no existe en ese lugar al que voy."

~•~

"Me llama la tierra de la que una vez salí; me pide de vuelta la madre de todos y todo; me reclama el mundo al que todos habremos de ir...
¿Ahora lo entiendes? Por favor regálame una última sonrisa, me ha llegado la hora de partir..."

~•~

"Allá en el mundo donde nadie llora,
ya quisiera yo estar,
penosa y larga ha sido mi vida,
y al Mictlán ya quiero llegar..."

~•~

"No llores por los que se van, porque pronto con ellos te habrás de encontrar; continúa caminando y no te dejes abatir por el llanto. Recuerda que la luna tiene que ceder su lugar en el firmamento para que vuelva a salir el sol."

~•~

"Angustiado a causa de mi indecisión, el pequeño perro movió las orejas y me urgió a cruzar el río restregando su cabeza en mis piernas. Temblé, pero me animé a dar el primer paso. El can pareció sonreír. Se adelantó un poco y me apresuré a seguirlo. Así hicimos varias veces, hasta que me percaté de que ya estaba en la otra orilla. Había logrado cruzar a pesar de estar lleno de miedo. Es curioso, sin mi valiente compañero jamás me habría decidido a aceptar mi muerte."

~•~

"Y nunca más
te aquejarán los dolores
ni las tristezas,
pues allá donde vas
no existen las penas.
Te prometo que
no volverás a llorar,
apenas des un paso
en el sagrado Mictlán."

~•~

"¿A dónde van aquellos que mueren ahogados en el llanto? ¿Quién acoge a esos que arrastró la voraz corriente de la melancolía? ¿Qué sucede con las almas que murieron con el agua de las penas al cuello? Dime, Tláloc: ¿Hay espacio en el Tlalocan para ellos y para mí?"

~•~

"No llores cuando escuches mi canción, porque la entono para darte alegría, no tristeza. Nos reuniremos otra vez. Verás que al final, ha valido la pena tan larga espera."
"Nuestro tonalli es perecer; extinguirnos cual llama de una hoguera, fundirnos con la oscuridad igual que efímero atardecer... Mas antes de sufrir tan nefasta condena, somos libres de caminar: dar un paso, dos, tres o quizá cien... Somos incapaces de cambiar nuestro final, pero si podemos elegir cómo lo hemos de alcanzar."

~•~

"Un día me alcanzará la muerte, y sus pasos se emparejarán con los míos; me tomará de la mano y abandonaré mi camino para en su lugar, tomar el suyo. Cuando llegue ese día, quiero me descubra con una sonrisa: que sepa que no me da miedo partir, porque aquí todo lo tuve, porque aquí todo lo viví..."

~•~

"¿Puedes escucharlos? Son ellos... Han venido por nosotros y hay que darles aquello que han venido a buscar... La luz que los guía de vuelta a casa; el agua que los refresca tras un largo viaje; el pan que les recuerda los sabores de esta tierra y los dulces que llenan su alma de paz y alegría...
¿Puedes escucharlos? Son ellos... Ya se van, pero el próximo año, cuando su mundo y el nuestro vuelvan a ser uno, volverán..."

~•~

"Sus risas y juegos se dejaron escuchar otra vez; el eco de sus saltitos y su dulce recuerdo impregnaron una vez más este mundo gris que nunca ha dejado de añorar su presencia. Les han dado tímidos sorbos a los vasos de leche y pequeñas mordidas a los dulces y el pan. Ya se van, pero volverán; lo sé porque aquí en la tierra nunca los dejamos de extrañar."

~•~

"Hay pequeñas almas que jamás pisaron este mundo; se quedaron a medio camino, y hoy habitan un mundo donde los árboles dan leche y les susurran canciones hasta que se quedan dormidos. Mas cada año, vienen también. Siguen las lucecitas que no pertenecen a nadie y se detienen a descansar donde alguien les regala un dulce o algún pan. Y luego se van, a ese lugar donde sus madres un día los han de alcanzar..."

~•~

"...primero vienen esos que no tuvieron oportunidad de despedirse; encendemos una luz para guiar su camino y les damos una vasija con agua para calmar su sed. Se quedan solo un momento y luego siguen viajando. Para que sus almas puedan descansar, el último adiós deben pronunciar..."

"No atesores las semillas de cacao, pues de nada te servirán cuando partas al otro mundo. Guárdate solo los recuerdos, porque aun siendo amargos, es lo único que llevarás al otro lado. Sonríe y llora, grita y regocíjate, tanto como debas, tanto como puedas. Porque en este mundo la única verdad, es que para vivir solo tienes una oportunidad."

"Dicen que cuando uno de los tuyos muere, una parte de tu alma se va con él. No es cierto. Cuando uno de tus seres amados se va, una parte de ellos se queda contigo. Así sucede hoy, así sucederá mañana.
El cuerpo perece, pero el recuerdo vive para siempre."

" Muy lejos, en el fondo del abismo del otro mundo, allá donde nadie puede escuchar tu voz, ahí te esperaré. Aguardaré paciente, vigilando tus pasos, y en cuanto cruces el río que divide tu tierra de la mía, caeré sobre ti. Te abrazaré con todas mis fuerzas, y no te soltaré hasta que me digas: yo también te extrañé, abuela..."

"Cuando desperté, un itzcuintli me miraba fijamente mientras lamía mi rostro. Le acaricié las orejas y dio un saltito de alegría. Sonreí, y me puse de pie, aunque no tenía ganas de hacerlo. Entonces me di cuenta de que un río enorme se alzaba ante mí. El pequeño perro me hizo una seña indicándome que saltara. Y lo hice... Y la oscuridad que conocí una vez quedó atrás. Ahora sólo había luz. Infinita luz..."

"¿Qué nos queda al partir sino el recuerdo de aquellos a quienes amamos? Los únicos tesoros que nos llevamos al Mictlán son las sonrisas que recibimos y los sueños que un día compartimos."

"Vine a verte, mamá; vengo de muy lejos y tuve que pedir prestadas unas alas para llegar hasta tu ventana.
Vine porque te escuché llorar y no quiero que estés triste. No derrames lágrimas por mi causa, ya que nada malo hay en donde hoy tengo mi hogar.
¿Lo ves, mamá? Hoy vine como mariposa para que sepas que ya es hora de que me dejes volar. Ya no llores más, porque allá donde voy, algún día tú también irás."

"Allá esperan por nosotros. Aguardan pacientes nuestra llegada, con los brazos abiertos y lágrimas adornando sus miradas. Allá sonríen e iluminan nuestro camino, tejiendo con memorias un puente que nos lleve de vuelta a ellos.
Allá esperan, allá donde el mundo ya no da vuelta..."

"Recuerda que al final el cacao y el jade aquí se quedan, que solo los recuerdos parten con nosotros al más allá.
Y cuando llegue el momento de partir, ¿sabrás distinguir el polvo de oro de los verdaderos tesoros? ¿Podrás dejar de añorar al quetzal y comenzar a volar?"

Si he de avanzar entre la más densa oscuridad, quiero que caminemos juntos; tomados de la mano, siempre juntos, nunca lejanos."

"Dicen que solos llegamos y solos nos vamos. No es verdad. Nos vamos cargados de recuerdos, de risas, de besos y abrazos. Nos vamos con las manos llenas de experiencias, con la boca atiborrada de sabores y con la mente rebosante de conocimiento. No, no nos vamos solos, porque el día en que partimos, un pequeño trozo de los que nos amaron se muere con nosotros."

~•~

"Y cuando la noche nos alcance, solo pido que te mantengas a mi lado; que tu abrazo me envuelva y aleje las sombras del pasado.

~•~

"La vida no es un regalo de los dioses, sino un préstamo de ellos. Algún día nuestra esencia volverá a su lado, y viajaremos por los cielos tan libres como el viento.

~•~

La muerte no es un castigo de los dioses, sino uno de sus premios. Es el jade de un collar, la nieve de una montaña. Es el principio de un nuevo camino, el primer paso del más increíble viaje."

~•~

"Se nos apagó el sol,
ya es hora de partir.
Atrás dejamos la tierra,
atrás queda el maíz.
Vamos allá donde esperan los viejos,
allá donde solo se sabe sonreír.
Vamos juntos, vamos de la mano,
que, si el sol dejó de brillar,
la luna habremos de encontrar."

~•~

"La valentía no es una cualidad, es una elección. Si el eco del tambor llama a tu corazón, marcha al frente y no

mires atrás.
Cuando has elegido la senda del valiente, solo hay dos caminos: la gloria o la muerte."

~•~

"Sí, madre, te escuché. Me da gusto saber que has encontrado al fin tu merecido descanso. Me hizo llorar la noticia de que te reencontraste con mis abuelos, y temblé de emoción al oír que nuestro viejo itzcuintli te ayudó en cada paso del camino. Gracias, nana, me alegró saber de ti, aunque fuera a través de un pequeño colibrí."

~•~

"No. Una mariposa negra no es símbolo de mala fortuna. Al contrario, un papalotl de color obsidiana es una bendición: es un niño que viajó desde el Tlalocan para recordarle a sus padres que sin importar cuanto tiempo pase, él los habrá de esperar."

~•~

"Aquí espero por ti,
bajo la sombra
de este enorme ahuehuete.
Sé que tardarás en llegar,
pero que sin duda alguna
me habrás de alcanzar.
El amor no sabe de vida
ni tampoco de muerte;
día tras día aguardaré por ti
hasta que tu corazón
deje de latir."

~•~

"Llegó mi momento. Pon una semilla de cacao en mi mano y dame el último adiós. Recuérdale a mi itzcuintli que lo necesito para cruzar el río, y quema abundante copal para que su aroma me acompañe en la travesía al más allá. Llora si quieres, pues yo lloraré, pero no te aferres a lo que ya no puede ser; recuerda que yo te amaré siempre, aunque ya me haya ido, aunque aquí ya no esté..."

~•~

"Sé que tienes miedo, pero poco hay que temer allá donde vamos; alza la cara y pide tregua al torrente que escurre por tus mejillas; tira al suelo esas piedras que cargas entre las manos y da ese primer paso que tanto te empeñas en evitar; recuerda bien que al lugar al que vas, se puede hacer todo, menos llorar."

~•~

"¿Por qué lloramos
a los muertos
si ellos ya no sufren
ni sienten tristeza?
¿Por qué aún hoy
los compadecemos
si los de la condena
somos nosotros?
¿Por qué lloramos
cuando deberíamos
alegrarnos?"

~•~

"De maíz nos hicieron
y al maíz volveremos;
somos lágrimas del Cielo,
latidos de la tierra,
y si mañana el Anáhuac
habremos de dejar,

que sea por ir al mundo
del que nadie vuelve ya."

~•~

"El tiempo terminará por alcanzarnos. Llegará el día en que nos
arranque las alas y nos devuelva a la tierra de donde una vez
salimos. Ese día no quiero estar solo: deseo que tú y tus cuatro
patas guíen mi camino.
No le temo al Mictlán, no si prometes que conmigo vas a estar."

~•~

"No pienso vivir sin ti.
Si has de partir,
partiré contigo.
Caminaré círculo
tras círculo
sujetando tu mano,
y sin importar si
pisamos agua o fuego,
siempre estaré a tu lado."

~•~

"Si no le temo a la muerte es porque sé que no carga con amargas
penas, sino con dulces alegrías; que lejos de apagar mi camino va
a iluminarlo, y que contrario a lo que todos piensan, te llena de
quietud en lugar de dolor.
Si no le temo es porque sé sonreír, y llegado el momento también
sabré morir."

~•~

"¿Por qué le temes tanto a la muerte? ¿Es que acaso no deseas
devolver a la tierra el favor que te hizo al regalarte la vida?"
"Viven engañados aquellos que creen que el viento puede hablar,
pues nada hay de cierto en eso; él solo recoge historias y las
repite con nuevas voces; viaja por aquí y por allá contando

memorias, narrando sueños, recordando vidas..."

~•~

"No, a este mundo no venimos a vivir. A esta tierra vinimos a
morir, a fallecer lentamente, a consumirnos como las llamas de
una hoguera, a perecer como la noche cuando llega al amanecer.
No, a este mundo solo venimos a morir, y es por eso que, en lugar
de llorar, cada día vivido deberíamos sonreír."

~•~

"Escúchame bien:
ya no estoy aquí,
ahora estoy allá.
No inundes mi camino
con tus lágrimas,
mejor adórnalo
con tus sonrisas.
Déjame navegar
entre recuerdos,
y no perderme
entre tristezas."

~•~

"No me extrañes, solo tenme presente.
No me añores, solo piénsame de vez en
cuando.
No me llames, solo háblame.
No me llores, porque yo donde estoy,
soy feliz, y siempre sonrío por ti."

~•~

"El mundo gira tantas veces, que es fácil confundir lo que pasa
con lo que acontece. ¿Es la vida similar a la muerte? ¿Hay algo
más allá? ¿O será que tras el último aliento el alma simplemente

desaparece?"
"Ayer me visitó un colibrí. Me dijo que aquellos a los que alguna
vez amé se encuentran bien, que me esperan con los brazos
abiertos, y que, aunque todavía faltan muchos soles para nuestro
reencuentro, ellos y yo nos volveremos a ver."

~•~

"Ya se han ido. Extrañaremos sus voces y también sus risas.
Dormiremos pensando en ellos, y despertaremos con su recuerdo
en la piel. Pero han partido ya, y debemos dejarlos ir. Ahora son
estrellas del firmamento, luces del más allá... y estarán esperando
por nosotros, sin importar cuanto nos tardemos en llegar..."

~•~

"Esos que ayer
se nos adelantaron
ya no sufren más,
deja de llorar por ellos
que la sal de tu llanto
no los deja descansar."

~•~

"Cuando partamos
nada llevaremos
con nosotros;
¿De qué sirven el oro,
las plumas y el jade?
¿Qué nadie se entera
de que desnudos
llegamos
y de igual forma
nos vamos?"

~•~

"Aquí ya no hay nada,
¿qué esperas que te dé?

Ayer sembré el último
de los granos de maíz,
y hoy mismo la sequía
lo ha asesinado.
¿Qué esperas de mí
sí ya todo lo he dado?
Hasta de vida carezco
y morir, yo ya no puedo."

~•~

"Todos andamos el mismo camino; algunos más rápido y otros
más lento, mas sin importar nuestra velocidad al avanzar, siempre
terminaremos en el mismo lugar."

~•~

"Te espero allá, en el infinito, donde podemos dejar de fingir y
podemos comenzar a ser.
Te espero allá, con los brazos abiertos y una sonrisa en los labios.
Te espero, sé que tarde o temprano, al fin habrás de llegar."

~•~

"Y aunque vivo en la tierra del olvido, sé muy bien que los míos
aún me recuerdan; que un día de cada año prenden una luz en mi
nombre, y que al menos en esa ocasión todo vuelve a ser como
era antes, justo igual que cuando estaba vivo..."

~•~

"Todos andamos el mismo camino; algunos más rápido y otros
más lento, mas sin importar nuestra velocidad al avanzar, siempre
terminaremos en el mismo lugar."

~•~

"Nunca olvides que, a fin de cuentas, todos somos iguales; en el
vasto mar nadie es capaz de distinguir al noble pipiltin del

fatigado macehualtin... en el vasto mar solo hay gotas de agua,
iguales y cristalinas; gotas que un día y sin falta, en una ola habrán
de sucumbir."

~•~

"Deja que sople
el viento,
y no te quejes
cuando alumbre
el sol;
Deja que suceda
lo cierto,
y deja descansar
al que hoy partió..."

~•~

"Del fruto a la flor,
y de la flor al cielo;
bate tus alas,
hermano colibrí,
y dile a los que amé
en vida,
qué siempre
los recordaré
con amor y alegría..."

~•~

"No compadezcas al que deja este mundo, porque él al fin podrá
descansar; mejor siente pena por todos aquellos que,
lamentablemente, en esta tierra se deben quedar."

~•~

"A la muerte le gusta jugar; aparecer de repente entre un montón
de gente, y llevarse justo al que estaba en el medio, seguro,
tranquilo, protegido...

A la muerte le gusta jugar; baila candorosa desde el mañana hasta el ahora, da besos en la nuca y sopla al revés, jalando aire en lugar de expulsarlo...
A la muerte le gusta jugar. A nosotros también, pero no con ella..."

~•~

"Dime, tú que presumes de haberlo visto todo; ¿has visto volar al quetzal con dirección al infinito? ¿lo has observado mientras bate sus alas para luchar contra el viento? ¿has sido testigo de la caída de una de sus plumas?
Dime, ¿acaso lo has visto morir y prometer con una sonrisa que volverá a nosotros una vez más?

~•~

"Cesarán los cantos, pero no desaparecerán las aves.
Morirán los poetas, pero seguirán en pie las flores.
Pereceré yo y también lo harás tú, pero el mundo seguirá su curso, envuelto en mariposas de colores..."

~•~

"...y aunque hoy mi sendero se encuentra cubierto de luz, sé bien que el tuyo se halla envuelto en la penumbra; llora si así lo deseas, pero no añores lo que fue, puesto que no se compara con lo que será.
Volveremos a caminar de la mano.
Confía en mí. Mejores tiempos han de venir..."

~•~

"¡Cumpliste tu palabra! Ayer recorrimos el mismo camino, hoy cruzamos el mismo río, y mañana compartiremos el mismo destino... Tenías razón: siempre seremos amigos."

~•~

"Te lo prometo: llegará el día en que tocaremos el cielo.

Pero antes de eso, incluso previo a remontar el vuelo, habremos
de ser polvo, y no podremos evitar ser uno con el suelo..."

~•~

"Flores de veinte pétalos han aparecido bajo mis pies;
son el comienzo de un sendero luminoso que acaba en un río más
allá del horizonte.
A lo lejos, una voz me llama.
'Ven' me dice.
Y yo sonrío. Y doy un paso.
Allá voy.
El momento ha llegado."

~•~

"...y si alguien pregunta, no, no estoy dormido; más bien, acabo
de despertar..."

~•~

"...y si solo somos un instante,
más vale hacer de él
un momento memorable..."

~•~

"Muchos dicen —sin saber— que el último aliento es el final de la
melodía de la vida. No pueden estar más equivocados; esa
postrera exhalación es la primera nota de la verdadera canción..."

~•~

"Guarda esas perlas que has arrojado al camino. Créeme, no las
necesito. Allá a donde voy, las estrellas señalan el destino."

~•~

"Búscame hoy; todavía puedo reír y llorar.
No me busques mañana; el polvo solo sabe flotar."

~•~

"Llegará el día en que nos alcance el tiempo y seamos una
mancha más en la piel del jaguar.
Llegará ese instante y cesará nuestra canción, aunque tal vez la
recuerde el cenzontle y quizás la repita el quetzal.
Llegará y nos recordará que el sendero es corto y la mirada fugaz;
llegará para decirnos que el sueño es prestado, y en cualquier
momento se puede terminar."

~•~

"Es inevitable; tarde o temprano nos alcanzarán los días sin sol y
las noches sin luna. El sendero se oscurecerá y las tinieblas nos
bloquearán el paso. Será un momento gris. Parecerá que no hay a
dónde ir... No es así.
Para dejar la penumbra atrás, solo hay que caminar."

~•~

"Cada vez que el cielo llora, brota vida en la tierra... No cabe duda:
hay lágrimas que deben ser derramadas..."

~•~

"Amado amigo
no llores más;
allá nos separamos,
pero aquí nos encontramos..."

~•~

"Y todos me dicen:
ya no llores más,
todo ha pasado ya;
pero,
¿qué saben ellos?
¿qué pueden decir?
No fue su corazón
el que se rompió.

No fue su alma
la que se quebró...
Qué fácil es decir:
no vuelvas a llorar,
ellos no saben
lo que duele extrañar..."

~•~

"...fue entonces cuando lo vi: allí, de pie junto al río, con la lengua de fuera y los ojos llenos de alegría. Era él, mi viejo compañero, el itzcuintli que había tenido de niño... me avergonzó llegar hasta él con las manos vacías. Lo miré de reojo con los ojos casi fijos en el suelo, avergonzado por mi desnudez. Poco le importó; me saludó con infinito gozo y luego me pidió que lo siguiera. Me disculpe por no llevarle nada. Él solo ladeó la cabeza. Quizá piensen que estoy loco, pero me pareció oírlo diciendo 'No te preocupes, ya me lo has dado todo'..."

~•~

"Aquella noche oí cantar un tecolote. Sus tristes notas me hicieron trizas el corazón. Incluso pensé en abandonar el sendero que hacía tiempo caminaba y entregarme al vacío de la eterna noche. Pero me contuve. Algo en la faz de la luna me hizo cambiar de opinión. ¿Hallé en ella un milagro? No. Solo encontré voluntad."

~•~

"Y aunque parece que todos caminamos senderos distintos, la verdad es que al final, todos nos dirigimos al mismo destino..."

~•~

"Nunca se van.
Viven en los cantos, las danzas y las flores.
Nunca se van.
Todavía se escuchan sus gritos en el campo de

batalla.
Nunca se van, porque del corazón, nadie desaparece jamás."

~●~

"¿Por qué te preocupa tanto el acumular riquezas en lugar de experiencias? ¿Es que valen más las plumas del quetzal que su propio canto? ¿Acaso cargamos con oro cuando se nos acaba el aliento y nos toca dar el siguiente paso?"

~●~

"Cuando llega el momento
del gran río cruzar,
se acaban las diferencias
entre el pipiltin y el macehual."

~●~

"Llora. Las lágrimas deben viajar con el viento, no inundar el corazón."
~●~
"Si solo somos nubes
que el cielo espere
mientras regamos
los campos;
que nos deje llover
un día
y luego otro más.
A fin de cuentas
regresaremos,
y cuando estemos arriba
ya solo nos tocará mirar."

~●~

"Nada nos distingue al uno del otro
cuando llega el momento de partir.

Aquí se quedan las plumas y el jade,
aquí dejamos el oro y la plata.
Nada diferencia al pipiltin del macehual
cuando llega la hora del adiós;
allá solo nos llevamos recuerdos
allá solo cargamos con el alma."

~•~

"No.
No morimos en realidad.
Solo andamos con nuevos pies
y sonreímos con otros dientes.
No.
No perecemos,
solo avanzamos.
Allá donde una vez vimos el final
solo hay un nuevo sendero
en el que volvemos a caminar."

~•~

"Se muere la carne, pero el recuerdo perdura; nunca se va el
quetzal que no temía regalar sus plumas."

~•~

"El camino aún no termina;
se ha puesto el sol,
pero la noche
apenas comienza."

~•~

"...y nos vamos, como viento que sopla hacia las montañas, como
agua que marcha en dirección al gran azul. Es la ley de la vida:
todos debemos decir adiós..."

~•~

"¿Por qué llora tu corazón?
¿Acaso no ves que ahora vuelo con el quetzal?
¿Qué no ves que hoy ya canto con el colibrí?
¿Por qué llora tu corazón?
¡Escucha mi voz! ¡Ahora estoy donde solo se puede ser feliz!"

~•~

"He comenzado a andar un nuevo sendero.
¿A dónde me llevará?
¿Será a la luz?
¿Será a la oscuridad?
¿Es esta mi última morada?
Después de aquí,
¿Ya no hay nada más?"

~•~

"¿Puedes verlo? Justo bajo el árbol de zapotl, descansa el espíritu
de tu abuelo. No, no es porque allá lo hayamos sepultado, sino
porque ahí fue donde nos dejó su más valioso legado: la sabiduría.
Allí, bajo las frondosas ramas, nos enseñó a respetar a los
mayores y amar a los niños; a escuchar en silencio y a preguntar
todo aquello que no entendiéramos. Fue en ese lugar donde nos
dio la más valiosa lección: recordar con cariño y nunca dejar a los
nuestros en el olvido."

~•~

"Me pregunto,
¿Estará él ahí para ayudarme a cruzar el río?
¿Escucharé otra vez sus alegres ladridos?
Me pregunto,
¿Puede un recuerdo sobrevivir al tiempo?
¿Puede un mortal ganar el corazón de un perro?
Me pregunto,
¿Se acordará de mí?
¿Volveré alguna vez a ser feliz?"

~•~

"No, allá donde vas no hay sombras ni penumbra, sino luz y un nuevo sol.
Déjame aquí la tristeza y avanza sin temor. A ese lugar al que hoy vas, mañana también iré yo..."

~•~

"Sonríe, porque mi camino se llena de flores cada vez que me recuerdas con alegría.
Sonríe, porque mi cielo se pinta de jade cuando hablas de mí con orgullo y admiración.
Sonríe y se feliz, camina sin mirar atrás, recuerda que allá adelante, yo espero por ti."

~•~

"Sí, es cierto, todos ustedes habrán de morir. Pero también es verdad que no todos han tenido la fortuna de vivir; hay algunos que, sin saberlo, simplemente se han contentado con existir..."

~•~

"No llores por mi partida, porque cada lagrima que derramas inunda mi camino e interrumpe mi andar.
Recuerda que todavía te extraña mi corazón, y que, si te oigo llorar, lo primero que haré será voltear hacia atrás..."

~•~

"La vida es un sueño que termina al morir; el primer paso en un sendero de luz del que siempre intentamos huir."

~•~

"Se apagó mi voz,
se ha terminado

68

mi canto;
¿A dónde van
los sueños?
¿Alguna vez
los alcanzaremos?
Nada sobrevive
al tiempo,
nada, ni siquiera
el dios
qué clama ser eterno."

~•~

"Volverás a la tierra. Dejarás de caminar sobre el suelo y hallarás
nueva vida debajo de él.
Ya no entonarás más canciones, pero serás motivo de bellos
poemas y mágicos recuerdos.
Volverás a la tierra, porque el brote después de florecer, se
marchita para luego nacer otra vez."

~•~

"No llores. Nos separamos hoy, pero nos reuniremos mañana.
El sendero que este día me toca caminar, también tú alguna vez lo
habrás de andar."
~•~
"Vuela.
Eres un colibrí.
Una mariposa.
Un águila, una nube...
Vuela, amada niña,
el cielo te espera
porque le falta
una estrella..."

~•~

"¿Quién canta por aquellos que se han marchado con premura?

¿Quién siembra flores en su camino para que acepten su nuevo
destino?
¿Quién seca sus lágrimas y conforta sus almas?
¿Será misión de nosotros? ¿Será labor de aquellos que nos
quedamos?"

~•~

"¿Y quién recordará mi canto cuando mis pies caminen el otro
sendero?
¿Habrá alguien repitiendo mis versos o mis palabras se perderán
en el olvido?
¿Quién sonreirá al oír mi nombre y quemará copal para perfumar
mi camino?
Dime, tú que todo lo sabes:
¿Habrá uno entre los que queden atrás que se acuerde de mí?"

~•~

"La pena se aloja en los corazones de aquellos que se guardaron
palabras que siempre quisieron decir. No permitas que eso te
pase a ti. Ama sin reservas y no te guardes nada. Aquí solo
estamos de paso y de poco vale vivir con los labios cerrados."

~•~

"Seca esas lágrimas de tu rostro, porque no es necesario llorar; los
caminos que ayer se separaron, mañana se volverán a juntar."

~•~

"Solo te pido que no llores el día en que me vaya, porque
ahogarás mi recuerdo en un profundo mar lleno de pena y
desesperanza.
Solo te pido que en lugar de tus lágrimas sea tu sonrisa quien
acompañe mi partida, para que la oscuridad rehúya a mi paso y
encuentre luz en mi camino.
Solo te pido que estés ahí, porque cuando me necesites, yo estaré
ahí para ti."

~•~

"He oído a muchos decir que no quieren morir. No entienden que nadie muere en realidad y que solo iniciamos un nuevo camino lejos de aquí.
Vamos a un lugar donde nos reunimos con los que se nos adelantaron y esperamos a los que atrás se quedaron.
No hay que tenerle miedo a morir, porque allá del otro lado, uno vuelve a vivir."

~•~

"¿Qué hay más allá?
No lo sé aún,
¡pero pronto lo he de saber!
¿Qué hay más allá?
¿Días sin lluvia
y noches estrelladas?
¿Eternas sonrisas
y dulces veladas?
¿Qué hay más allá?
Solo el Mictlán,
el lugar ideal
para de la vida
descansar."

~•~

"Allá nos vemos. Justo en el otro lado del río, donde las aguas son profundas y el futuro deja de ser incierto.
Allá nos vemos. En la tierra que deja atrás los nubarrones grises de los días de tormenta.
Allá, donde la tristeza se vuelve sonrisa y la sonrisa se vuelve nueva vida.
Allá nos vemos. Allá en el Mictlán."

~•~

"Todo cielo comienza con una nube. Todo bosque inicia con un brote. Toda vida inicia con la muerte...
No temas caminar. Algún día tú y yo también habremos de ir allá."

~•~

"Para escapar del olvido, hemos de sembrar una semilla en la tierra fértil antes de partir: un hijo, una hija; un árbol, una flor; un sueño, un ideal...
Para nunca morir, antes hay que atreverse a vivir..."

~•~

"Dicen que, para llegar al último círculo del Mictlán, basta la ayuda de un amigo que nos amó incondicionalmente en vida; su olfato, siempre dispuesto, es capaz de guiarnos a través de los senderos más seguros, y su vista, jamás cansada, advertirá cualquier peligro oculto entre las sombras. Dicen que has de tratarlo bien en este mundo o te dará la espalda en el otro. Mienten. Un itzcuintli es tan generoso y leal, que nunca te abandonará en tu momento de necesidad..."

~•~

"Soñé que volvía a verte; traías una canasta con tunas entre las manos, y nos comíamos todas mientras recordábamos los viejos tiempos. De pronto sin más, me dabas un beso en la frente. Me decías adiós con la mano y desaparecías en la oscura noche. Soñé que volvía a verte, pero desperté, y ya no estabas ahí..."

~•~

"Hoy que te has ido, he descubierto que de poco sirven el oro y las semillas de cacao. Acumulé riquezas durante toda la vida para cuidarte, pero ni la más valiosa de ellas pudo retenerte cuando te llegó el momento de partir.
Hoy que te has ido quisiera ser cenzontle para volar contigo, pero solo soy un hombre y nada más puedo caminar.
Hoy que te has ido quisiera irme también, porque sin ti en esta

tierra, ya nada quiero tener."

~•~

"Me tocó partir antes que tú, y mi corazón se ha roto infinitas veces al verte llorar. Mi sendero se ha inundado de lágrimas y apenas y distingo el río que debo cruzar del cauce que cubre mis pies...
Por favor, aparta la tristeza de tu alma, sonríe y piensa que todo estará mejor. Te garantizo que así será; te prometo que nuestros caminos otra vez se volverán a encontrar..."

~•~

"¿Por qué temes a la penumbra? ¡Nada malo hay allá donde vas! Ahí las penas que encorvan tu espalda no te podrán alcanzar, y el oro que desvelos te causa, ya jamás te volverá a importar..."

~•~

"¿Es por ti que redobla el teponaztli?
¿Alaba tus hazañas el eco del tambor?
¿A dónde te ha llevado la batalla?
¿Será que ya no volverás más?
¡Dime si tus pasos se dirigen ahora al sol!
Allá donde tú vas ¿Podré ir también yo?"

~•~

"Vendrán otros itzcuintli como yo. Acudirán a ti en busca de ayuda y cobijo, y habrás de aceptar que caminen a tu lado en este sendero sinuoso. Su compañía hará el viaje más llevadero.
Y cuando llegue el instante de partir, ahí estaré yo para recibirlos a todos.
Juntos cruzaremos el río que separa a la penumbra de la felicidad.
Y seremos uno; porque el amor que nos unió en la tierra, nos unirá también en la eternidad."

~•~

"No llores por mí, porque un día querrás dejar atrás el llanto y
también me dejarás ahí...
Recuerda que nunca fui canto lúgubre de tecolote, sino alegre
vuelo de colibrí; ya no pienses en que nos separamos, pues un
buen día nos volveremos a reunir."

~•~

"¿Será verdad que hay un cielo donde todas las aves vuelan
juntas? ¿Los caminos que se bifurcaron se juntarán otra vez?
¿Pueden mil lamentos tornarse una sola voz? ¿Cuándo se dejará
oír tan esperada canción?"

~•~

"No llores por lo que fue, sonríe por lo que será; el mismo sueño
que ayer nos separó, mañana nos habrá de juntar."

~•~

"...y al fin descubrí la razón por la que un par de ríos inundan tus
ojos: es porque allá nadie suele ver, hay un desierto habitando tu
corazón..."

~•~

"Todavía hoy me cuesta caminar sin ti. Muchas vueltas al sol han
tenido lugar, pero imposible es dejarte de extrañar... ¿Cómo no
añorar tu mirada? ¿Cómo olvidar las promesas que no te pude
cumplir? ¡Volveremos a vernos, lo sé bien!
¿Pero cuándo? ¡Eso quisiera saber!"

~•~

"Se nos agotaron los pasos juntos y nada podemos hacer para
reanudar la marcha. Solo somos pétalos de flor que ahora flotan
en distintos cielos... Pero nos reencontraremos, no hay duda de
ello; al final del día, todos caminamos el mismo sendero."

~•~

"Apenas un instante dura nuestra marcha sobre este sendero y
poco debe preocuparte el lugar a donde mañana habrás de ir...
¡Escucha a tu corazón! ¿Por qué lloras en lugar de sonreír?"

~•~

"Mintieron cuando dijeron que nos haríamos uno con el polvo,
pues los dioses nos tienen reservado un rincón en el vasto
universo; recuerda bien, nuestro destino es trascender, no morir"

~•~

"¡Qué difícil es dar el paso al otro sendero! Pero no para los que
se van, sino para los que se quedan: la tristeza no viaja allá, solo
se queda acá..."

~•~

"No llores cuando escuches mi canción, porque la entono para
darte alegría, no tristeza. Nos reuniremos otra vez. Verás que al
final, ha valido la pena tan larga espera."

~•~

"Detén ese río que nace en tus ojos, pues nada ha terminado en
verdad. El sueño verdadero, el que se tiene al estar despierto, no
sucede aquí, solo ocurre allá."

~•~

"La vida —la de verdad— es un teocalli de incontables escalones.
El primero de ellos es el breve suspiro que ocurre en este mundo,
y solo tiene por fin prepararnos para lo que vendrá. ¿Y qué es que
aguarda adelante? ¡Imposible saber si nos negamos a caminar!"

~•~

"Has de saber, que llorar no hace más fácil mi camino; escucharte
me obliga a mirar atrás y apenas verte quiero volver...
Pero el sendero se ha partido y mi andar ya no es el tuyo.
Caminaremos juntos otra vez. No sucederá hoy, pero mañana

habrá de ser."

~•~

"...y si esta es la última nota de mi breve canción, ojalá que su eco
alcance el más lejano rincón.
No ansío gloria, pleitesía o veneración. Me basta con un
esporádico recuerdo, suficiente será una vaga mención..."

~•~

"La tristeza se queda aquí, pues ella no tiene lugar allá.
Te hiere, lo sé, pero ya no llores más; ya no me acosa el dolor, al
fin podré descansar..."

~•~

"Un día no muy lejano, volveremos a caminar por el mismo
sendero. Nuestros pasos dejarán huellas grabadas en la tierra y
cantaremos la misma canción bajo el cobijo del sol.
Ese día, sin embargo, no es hoy; déjame partir sin pesares y desea
para mí lo mejor.
Nada de malo hay en mi destino. Nada terrible encontraré en el
lugar a donde voy..."

~•~

"...nos mintieron cuando dijeron que veníamos a esta vida a
acumular oro y plumas preciosas; a este mundo llegamos a llorar,
reír y soñar, caminar, correr y hasta volar... Nada hay que hacer
aquí salvo vivir, y luego, morir..."

~•~

"...y hablas del final, como si tal cosa fuera posible... ¿No
comprendes que aún nada ha terminado? ¿Tanto trabajo te
cuesta aceptar que todavía falta camino por andar?"

~•~

"¿Por quién aguardas, astilla de hueso?
¿A quién le debes semejante lealtad?
¡Qué valiente eres, pequeño itzcuintli!
¡Amigos como tú, muy pocos hay!"

~•~

"Deja tus lágrimas en esta orilla, pues cruzando el río ya no las
necesitarás; descubrirás que lo que aquí termina, allá apenas
inicia..."

~•~

"Algunos senderos demandan más pasos que otros, pero todos
conducen al mismo lugar."

~•~

"¿Tendré el valor de cruzar el río cuando llegue la hora? ¿Seré
capaz de dejar atrás el oro y el jade?
¡Cuánta pena me causa pensar que puedo acobardarme! ¡Cuánto
dolor me provoca saberme temeroso!
Solo queda esperar; a nadie le es dado saber qué hay más allá."

~•~

"Muchos piensan que mi labor es una clase de sacrificio. Se
equivocan; no hay honor más grande que morir junto a un amigo.
Él me ha cuidado aquí, yo lo protegeré allá. Cruzaremos juntos o
no lo haremos. Unidos para siempre: maíz y arcilla, hombre y
can..."

"Ha caído la última de mis plumas, mas no por eso dejaré de
volar; quizá no vuelva a surcar este cielo, pero ahora mis alas me
llevarán más allá."

~•~

"Aquí mi melodía se diluye con el viento,
pero allá arriba, en lo alto de la montaña,

77

seguro estoy de que mi canto será eterno."

~•~

"...y si alguna vez quieres decirme algo, vuelve en forma de oscura mariposa; así comprenderé que a veces las cosas bellas vienen envueltas en un manto de densa penumbra..."

~•~

"La lluvia no dura lo mismo en todas partes: hay valles donde se presenta solo un instante, y campos donde se empeña en mojar cada rincón.
Puede inundarlo todo o simplemente traer una brisa fresca consigo.
Nunca es constante, siempre es diferente.
Déjala ser; solo sobre tierra húmeda puede la vida florecer."

~•~

"El rayo de sol dura solo un momento. La canción del quetzal abarca solo un instante. La luna brilla hoy, pero mañana no, y el viento sopla una vez para luego desaparecer.
Si la propia naturaleza es efímera ¿Por qué te obsesiona la eternidad? ¿Por qué en lugar de intentar perdurar no te ocupas tan solo de caminar?"

~•~

"Aquí no se acaba el camino, más bien, apenas comienza...
Allá fui solo suspiro; acá soy dulce recuerdo.
Allá me tocó ser instante, pero aquí podré ser eterno."

~•~

Es esta la última nota
de mi breve canción;
ya no tengo plumas

adornando mis alas,
y solo un suspiro
me queda en el alma.
Partiré, más no volveré;
sonreiré, una última vez..."

~•~

"...y cuando llegue la mañana, tú y yo caminaremos juntos de
nuevo... No habrá más nubes grises ni lluvias inesperadas.
Todo mejorará, ya verás; lo que no se puede aquí, sí se podrá
allá..."

~•~

"Si algo has de pedir
antes de emprender
el camino,
que sea que los niños
canten tu canción;
que entonen tus notas
aunque estés lejos,
que al pensar en ti
miren siempre al cielo."

~•~

"Somos semillas,
pedacitos de vida
ansiosos por germinar.
Somos semillas,
frágiles suspiros
expuestos al viento.
Somos semillas,
vástagos del cielo
la luna y el sol.
Brotamos un día,
perecemos después.

Somos semillas.
Así debe ser."

~•~

"Aleteo de colibrí.
Dulce nota de una flauta.
Brevísimo instante.
Inconcluso suspiro.
Así llegamos.
Así nos vamos..."

~•~

"El sendero no tiene final: comienza, termina y vuelve a empezar... ¿Acaso no ves que no hay tal cosa como un último vuelo? El águila no cae, solo bate las alas con dirección a otro cielo..."

~•~

"...y me dices:
deja ya de llorar,
todo mañana ha de pasar...
Pero poco puedo hacer,
¿Acaso no lo ves?
Mi corazón está roto
ayer lo perdí todo..."

~•~

"...y si hoy termina aquí, apenas inicia allá; los senderos a veces comienzan y otras culminan, pero siempre conducen al mismo lugar: allá donde todos habremos de llegar..."

~•~

"...y si prometes volver, aquí por ti esperaré; nada me impedirá

encender una luz para guiar tu camino y nadie habrá de
convencerme de que la esperanza ya se ha perdido...
Vuelve. Aguardaré por tu regreso. Confío en ti. Siempre lo haré."

~•~

"Volveré. Regresaré con cada vuelta al sol y por un breve instante
seremos uno otra vez.
Nos fundiremos en un abrazo hasta que la vela se apague y llegue
el momento de decir adiós. Será triste, lo sé, pero las cosas así
deben ser. Promete no llorar; recuerda que por ti, yo siempre
volveré."

~•~

"Prometo volver. Cada año recorreré el sendero de flores que has
tenido a bien poner, y besaré tu frente cuando llegue el momento
de dar paso al sol. Regresaré, te lo juro; hasta que llegue el día en
que tú y yo estemos juntos otra vez."

~•~

"El lazo que nos une jamás se romperá; nuestro sendero se
bifurca hoy, pero mañana se volverá a encontrar.
Fui tu amigo aquí y también lo seré allá. Ya verás que cuando
llegues al río, ahí estaré yo para ayudarte a cruzar."

~•~

"No derrames lágrimas por mi causa, pues marché al país de la luz
y no al de la penumbra. No vuelvas a sentirte culpable; un cálido
sol me aguarda adelante."

~•~

"¿Por qué tanta prisa
tienes por vivir?
Allá donde vive el colibrí,
todos habremos de ir."

~•~

"Nuestro árbol se ha quedado sin hojas. Solo las ramas secas danzan con el viento. Pero no es motivo para llorar: la fría corteza mañana reverdecerá. Nadie nos abandona. Nada perece en verdad."

~•~

"Ayer aprendí que no hay razón para llorar; todo lo que encontré aquí es mejor que lo que dejé allá.
Ya no te preocupes más; poco valen el oro y el jade en comparación con la alegría y la paz."

~•~

"Venimos del maíz
y el maíz vino de la tierra.
La tierra llegó del cielo
y cuando seamos polvo,
al cielo volveremos."

~•~

"Bien sé que mis lágrimas detienen tu andar, pero no puedo dejar de llorar; ¿quién me tenderá su mano en los momentos de necesidad? ¿quién me prestará su hombro cuando tenga que sollozar?
Ve en paz, no te detendré, pero por favor no me pidas que te deje de extrañar..."

~•~

"Nada hay que temer cuando llega el ocaso. El sol que perdemos de vista por un instante aguarda por nosotros tras la montaña. En ese lugar no existe la penumbra. Allá solo hay cabida para la luz."

~•~

"...gracias por el camino de flores, la vela encendida y el vasito
con mezcal; gracias también por el dulce de tamarindo, el
chocolate y la pizquita de sal. Pero más que todo eso, gracias por
estar, asustar al olvido y volver a recordar..."

•

Crónicas del Campeón Jaguar

"Que nunca te conquiste el miedo, pues este debe ser solo un peldaño y nunca una escalera; úsalo para armarte de valor, pero jamás para construir tu hogar."

~•~

"Cuando ya no exista ningún héroe,
cuando ya no quede ni un solo valiente en pie,
solo entonces comprenderemos
lo que los soldados sacrificaban
durante la batalla."

~•~

"Los héroes no buscan la gloria ni la fama. Tampoco buscan los aplausos ni el reconocimiento.
Los auténticos héroes solo buscan hacer siempre lo correcto."

~•~

"Antes de tomar tu espada maqahuitl, hinca una rodilla en tierra y llena tus manos de polvo. Cierra tus ojos y ofréceles a los dioses las vidas que estás a punto de segar. Convéncelos de que no lo harás por maldad, sino por mera necesidad..."

~•~

"Si somos un reflejo de los dioses,
quizá parte de su grandeza
vive en nuestros corazones..."

~•~

"Recuérdenlo bien, mis guerreros; con el paso del tiempo, la gente olvidará sus proezas y logros. Sin embargo, ni con el transcurrir de los años olvidará sus fracasos. Tengan eso en cuenta cuando sientan miedo en el campo de batalla..."

~•~

"No, estás equivocado, conquistador. Este no es el Nuevo Mundo, es Mi Mundo, y tarde o temprano, pienso recuperarlo..."

~●~

"Somos el resultado de las batallas que peleamos, los prisioneros
que capturamos, las vidas que segamos y los sacrificios que
presenciamos...
Somos la luz de nuestros actos, somos la sombra de nuestras
elecciones..."

~●~

"Y si he de caminar bajo el ardiente sol, siempre será hacia
adelante. Porque nada me espera atrás, pero la gloria me aguarda
adelante."

~●~

"Hace tiempo que se acabó el alimento, y el agua de los canales se
ha podrido ya; algunos se han pronunciado a favor de rendirse,
pero la mayoría se niega a abandonar la batalla. Los he oído decir
que prefieren morir a ser sometidos. No los puedo culpar. Yo
pienso lo mismo. Si la muerte me sorprende mañana, que sea con
la maqahuitl bien afilada y el chimalli colgando del brazo; que
nadie diga que cuando más me necesitaban, osé darles la espalda
a mis hermanos."

~●~

"Si mañana paso a la posteridad, que sea por mis yerros y no por
mis aciertos. Que se recuerden mis fallas, nunca mis hazañas,
pues de poco me sirve inspirar canciones si nadie aprende de mis
tantos errores."

~●~

"Si no conoces el miedo, deja ahora mismo esta partida de guerra.
Necesito soldados que acepten sus debilidades; sagaces,
prudentes, con plena noción de la vida y la muerte. Nunca olvides
que los héroes son solo personas comunes, con el alma llena de

temor convertido en valor."

~•~

"¡Ruge! Deja salir al jaguar que vive dentro de ti. ¡Ruge! Hazle saber al mundo que has abandonado las sombras y no temes darle la cara al sol. ¡Ruge! Hazlo una vez, y luego hazlo diez más... Déjale saber al mundo que la gloria es tu presa, y que hasta el día en que sea tuya, jamás te detendrás."

~•~

"¿Han dejado huella
los pasos que diste
sobre esta tierra?
¿Se cantarán tus hazañas
cuando ya no estés
aquí?
¿Será tu ejemplo
digno de imitar?
¿Seguirán tu sendero
esos que vienen detrás?
Dime, orgulloso guerrero:
¿Pasarás a la historia
o te sumirás en el olvido?"

~•~

"Llegará el momento en que las filas se aprieten tanto que ya no habrá sitio a donde huir. El aire enrarecido por la sangre y el sudor saturará el ambiente. Los gritos y lamentos se fundirán en una sola canción y entonces los débiles se separarán de los fuertes... Ese será el momento de la verdad. Dime, noble campeón, ¿Podrás sobreponerte a él y dibujar tu nombre en el rollo de la eternidad?"

~•~

"Y si un día nos toca caer, lo haremos de cara al sol y nunca de rodillas; que se rompa cada hueso en nuestros cuerpos, pero que nuestro orgullo y voluntad permanezcan inquebrantables."

"Somos plumas de un inmenso escudo, pequeñas astillas de un filo de obsidiana; somos la flecha perdida a la mitad de una gran batalla, suspiro fugaz exhalado por el dios de la guerra. Somos la tierra que se cubrirá de sangre, motas infinitas en la piel del poderoso jaguar."

~•~

"Reconozco en ti, mi caído adversario, el orgullo, la fuerza y la tenacidad. No hago mofa de tu derrota, pues sin ella yo no tendría la victoria. Permíteme honrarte y darte la mano, pues no existe bando ganador sin la presencia de un enemigo derrotado."

~•~

"Para ganar la guerra, hace falta triunfar en mil batallas. Para salir victorioso en una batalla, antes debes cosechar innumerables derrotas. Solo los sabios lo saben, y solo los necios lo ignoran."
"El destino ha tapizado mi camino con grises nubes de lluvia; doy pasos de ciego a través de la niebla y persigo una victoria que jamás llegará. Pero no daré marcha atrás, porque aún en medio de la oscuridad, sigo (y seguiré) siendo, un imbatible jaguar."

~•~

"Y si la guerra nos alcanza, que sea con la frente en alto y la maqahuitl entre las manos; no huiremos del destino y plantaremos los pies en el suelo con valentía y coraje. ¡Qué sepan nuestros enemigos que no nos van a vencer! ¡Qué se entere todo el Anáhuac que no sabemos retroceder!"

~•~

"Mienten aquellos que argumentan que el escudo sirve solo para defender. El guerrero habilidoso sabe transformar un golpe recibido en una embestida fulminante, sobre todo cuando la arrogancia del atacante le impide concebir la idea de un posible contraataque."

~•~

"...y no lucho para tener gloria hoy, sino para ser recordado mañana; que la gente olvide mi cara, pero nunca mis hazañas. Porque es mi ejemplo el único legado que dejo, humilde tesoro que, aunque escaso, es honorable y honesto."

~•~

"Dicen que la historia solo recuerda a los vencedores y olvida a los héroes, pero yo digo que la eternidad solo les pertenece a los valientes; las falsas hazañas pueden engañar durante algo tiempo, mas al final la justicia y la verdad brotarán de la tierra en la que alguna vez fueron enterradas."

~•~

"El fracaso es siempre el primer paso hacia el éxito. Un guerrero derrotado hoy, será un campeón invencible mañana."

~•~

"Mil y un cantos
retumban en el
campo de batalla.
Unos pertenecen
al presente,
otros al pasado
y otros pocos
al futuro.
Ondean los estandartes
de pluma y algodón,
y la guerra,
siempre impaciente,
aguarda ansiosa
por la ofrenda de sangre,

la corona de flores
que la unja
como una honorable
guerra florida."

~•~

"Camino con el jaguar.
Me fundo con la maleza
y acecho desde la sombra.
Siempre ataco sin miedo,
pero nunca sin respeto;
soy un cazador,
jamás un ladrón,
y si te quito la vida,
prometo hacerlo con honor,
sin odio en el corazón."

~•~

"El fracaso es siempre el primer paso hacia el éxito. Un guerrero derrotado hoy, será un campeón invencible mañana."

~•~

"¡No cesen de atacar! El miedo no es un obstáculo, sino una distracción. ¡No se queden ahí contemplándolo! Aplástenlo, y sigan avanzando..."

~•~

"Los estandartes de plumas ondean con el viento, y los corazones, prestos para la batalla, laten desbordados con cada segundo que pasa.
Los silbatos suenan, y los arcos se tensan. ¿Puedes escuchar a los guerreros entonar sus cánticos de guerra?
¡Alcen los escudos, la batalla ya casi comienza!"

~•~

"¡No frenen la marcha! La victoria nos espera adelante.
Sépanlo bien, la gloria nunca les niega su abrazo a aquellos que,
pese a la adversidad, siguen caminando."

~•~

"La valentía no es una cualidad, es una elección.
Si el eco del tambor llama a tu corazón, marcha al frente y no
mires atrás.
Cuando has elegido la senda del valiente, solo hay dos caminos: la
gloria o la muerte."

~•~

"¿Ganaste? Inclina la cabeza y agradece a los dioses con
humildad. ¿Perdiste? Alza la cara y camina orgulloso; no hay
victoria más grande que adquirir aprendizaje."

~•~

"¡Grita! ¡Que tu voz se escuche hasta el Mictlán! ¡Grita! ¡Que tus
alaridos ahuyenten al miedo que vive en tu interior! ¡Grita! ¡Que
sean ellos quienes retrocedan! ¡Grita! Y que todos sepan que no
temes arriesgar tu vida..."

~•~

"No bajes los brazos. Nunca es demasiado lejos; nunca es
demasiado tarde."

~•~

"Si vas a atacar, agita tu maqahuitl. Si piensas defenderte, alza tu
escudo. Si deseas disparar una flecha desde lo lejos, entonces
tensa tu arco. Pero no vaciles. No dudes. No temas. La vida
perdona a los que se equivocan, pero no a los que no actúan."

~•~

"¡No bajes la guardia! Mantén bien arriba tu escudo, ¡esta batalla aún no termina! Que no te sorprenda la lluvia, y que tampoco te agote el sol. Tu arma más peligrosa no es la maqahuitl, sino la concentración."

~•~

"Si deseas triunfar, debes estar dispuesto a pelear; las batallas no se ganan contemplando la danza del fuego en una hoguera, sino con el escudo en una mano y la maqahuitl en otra."

~•~

"Suelen considerarlos locos, solo porque corren hacia el peligro para salvar a alguien que no conocen, aún a riesgo de perder la vida.
<<Locos>>, les dicen, ya que parece que no desean vivir. Yo prefiero llamarlos <<héroes>>, porque lo arriesgan todo, aun sabiendo que pueden morir."

~•~

"Avancen. No paren su marcha hasta tener enfrente al enemigo. Recuerden que los verdaderos guerreros no le tienen miedo a la muerte, solo le temen al olvido."

~•~

"Marchemos con el sol y vigilemos junto con la luna. Seamos nubes en el vasto cielo y lluvia cerrada en el campo de batalla; que nunca se hable de nuestros logros, pero que para siempre se recuerden nuestros sacrificios."

~•~

"¿Sabes cómo reconocer a un héroe de entre una multitud de más de diez mil almas?
Fácil: Es aquel que cuando acecha el peligro, da un paso al frente."

"Sepan bien que no pienso bajar los brazos y que la derrota no es siquiera mi última opción; si he de morir bajo el mágico fuego enemigo, que sea producto del dolor, y jamás a causa de la traición."

"Date gusto hoy. Písame y entiérrame si así lo quieres; te veo mañana, cuando sigas siendo un pie y yo ya sea un árbol."

"No todas las noches tienen luna, pero todas las lunas tienen noche; no todos los guerreros son valientes, pero en todos los valientes vive un guerrero."

"¡Que se levanten los guerreros que yacen dormidos! ¡Que se alcen las lanzas que vivían escondidas! ¡Que los campeones que habitan el corazón de cada macehualtin se unan a la lucha!
El invasor está pisando la ciudad, y si no lo detenemos hoy, ¡no lo haremos nunca!"

"Si tú adversario te derriba ocho veces, tú levántate nueve; no hay arma más peligrosa en este mundo que la persistencia."

"Alza tu escudo y planta tus ojos en la mirada del invasor; deja que de tu garganta escape un fiero grito de guerra, y levanta tu lanza sin temores ni remordimientos. ¡Defiende a tu pueblo hoy! ¡No dejes nada para mañana! "

"Mi corazón se despierta cuando escucha retumbar a los

tambores de guerra; comienza a latir desenfrenado ante la posibilidad de encontrarse con su destino, y brinca de alegría cuando frente a él se muestra la sagrada guerra florida."

~•~

"La patria no es un pedazo de tierra, sino un trozo de nuestro propio corazón.
El que lucha por su nación nunca espera recompensa, pues sabe bien que dar su vida por aquellos que ama es, por mucho, el más grande honor."

~•~

"No, nunca podrás vencerme, porque soy un grano de mazorca, una semilla del pueblo del maíz, la cual, sin importar que tan profundo la entierres, inevitablemente volverá a surgir."

~•~

"Defender a tu pueblo no es un sacrificio, es un honor."

~•~

"El valor y el honor no distinguen entre clases sociales, es por eso que un héroe puede venir de cualquier parte..."

~•~

"Y si mi rival golpea una vez, yo golpearé dos veces; no daré ni un paso atrás ni dejaré que el miedo inunde mis ojos. Sepan bien que estoy decidido a volver, ya sea con la victoria, ya sea con la muerte..."

~•~

"Los héroes no han muerto, solo están durmiendo. Aguardan pacientes a que su gente los reclame, esperan ansiosos el día en que su pueblo por fin despierte..."

~•~

"Tal vez aquel fuego no era tan voraz. Quizá aquella llama no era tan ardiente. Tal vez esa rama solo estaba demasiado seca, y ardería con una simple chispa...

~●~

"No hay batallas demasiado crueles, solo hay soldados demasiado
cobardes."

~●~

"En el fragor de la batalla, un pequeño cuchillo de pedernal es tan
peligroso como una enorme maqahuitl. La peligrosidad de un
arma no la determina su tamaño, sino su portador."

~●~

"Sí, el sendero de la derrota puede ser solitario, pero es ahí donde
aprendes a distinguir a la verdadera amistad de la simple
compañía."

~●~

"Poco vale un guerrero victorioso que ha actuado sin honor en el
campo de batalla.
¿De qué sirve la gloria si se ha ganado con deshonra?"

~●~

"Si temes perder la vida, de poco sirves aquí; el único temor
aceptable en el campo de batalla es a caer en el olvido, pues
aquel que tiene miedo a ser olvidado solo sabe marchar hacia una
sola dirección: la que conduce a la gloria..."

~●~

"No menosprecies a la lanza aunque seas diestro con la
maqahuitl; cada batalla es distinta y no se pueden pelear siempre
usando la misma arma."

~●~

"Solo los guerreros que logran sobreponerse al miedo se
convierten en héroes."

~•~

"...y cuando entremos en combate, a ninguna parte habrás de mirar si no es hacia adelante. Muchos caerán a tu izquierda y otros más perecerán a tu diestra. Nada de aquello ha de nublar tu mente; la gloria te aguarda en el frente."

~•~

"¡Ánimo, querido hermano! Alcemos la cara mientras dura esta guerra; quizá hoy nos embargue la pena, pero mañana seremos leyenda..."

Allá en el Xibalba

"¿Qué noticias me traes de aquellos que ya no están?
¿Al fin ha terminado su andar? ¿Han arribado ya a donde no hay
marcha atrás?
Dime, pequeño *t'zunun* ¿Me esperan los míos en ese lugar al que
tú vas?"

~•~

"En lo más profundo del abismo,
allá donde la luz del sol
no se atreve a llegar,
allá residen las almas
de aquellos que una vez
se atrevieron a soñar...
Te pregunto mortal:
¿Osarías caminar
en la penumbra
para el Xibalba
un instante admirar?"

~•~

"Allá, en el punto más lejano del cielo, se deja ver un camino de
estrellas que refulge con timidez. Los viejos dicen que son las
almas de aquellos que nos dejaron y ahora marchan hacia la
eternidad... ¿Será verdad? ¡Quizá! Pero hoy, solo nos queda
esperar..."

~•~

"Bate tus alas, pequeño colibrí, y lleva este mensaje a aquellos
que todavía me lloran: diles que nos aguarda una eternidad
juntos, y que no deben añorar los tiempos que quedaron atrás.
Diles que aún somos uno solo, y que su corazón y el mío siguen
compartiendo el mismo latido."

~•~

"No sé qué hicimos para molestarlo; somos simples criaturas hechas de barro y maíz, tan fugaces como el canto de ave, tan trascendentes como una hoja que se mece al viento. ¿Que pudimos haber hecho para causar la ira del señor de las montañas? ¿Qué falta cometimos para provocar la ira del todopoderoso Cabrakán?"

~•~

"Los ancianos cuentan que los primeros hombres tuvieron la peor de las muertes. Según sus crónicas, una deidad de piel oscura y cabeza de murciélago fue quien dio cuenta de ellos.
Dicen que la criatura segó sus vidas porque estaban hechos de madera y carecían de sentimientos.
No sé si creerles. Pero desde que escuché esa historia, ya no tengo miedo de mostrar lo que siento..."

~•~

XUN CAME

"Escuchen con atención, héroes gemelos: ¿Qué es la muerte sino un viaje macabro? ¿Qué son los viajes sino suspiros muy largos? ¿Qué es un suspiro sino la muerte de un instante? Todo empieza donde acaba, y todo termina donde inicia. Aquí murió su padre, aquí morirán ustedes. Así fue una vez, y así mañana volverá a ser..."

~•~

Hunajpú e Ixbalamqué

"Su ingenio era tal, que consiguieron engañar a los señores de la muerte en el Xibalba; solo ellos podrían haber convencido a un dios de que dejarse cortar la cabeza, era un asunto de lo más "divertido"..."

~•~

"Ven, sopla el caracol. Avísales a las tropas que la batalla está a punto de comenzar.
Acércate, sopla con fuerza, y mira con atención como los arqueros se reúnen a tu alrededor.
Hazlo, sopla hasta que se te acabe el aliento; que los dioses se enteren de que aún seguimos de pie, listos para pelear una vez más..."

~•~

"Los héroes gemelos conocieron su faz durante una noche sin luna en las entrañas del Xibalba: tenía orejas puntiagudas y afilados colmillos, la nariz achatada y los ojos curiosos. Podía volar gracias al par de colosales alas que emergían de su espalda, y aunque solía comer flores y frutas, era incapaz de decir "no" cuando se le presentaba la oportunidad de probar carne humana. Camazotz dijo llamarse, Camazotz le llamaron..."

~•~

"Dicen que de su voz nacieron los relámpagos, y que de su llanto cobró forma la lluvia. Cuentan que fueron sus suspiros los orígenes de los más terribles huracanes, y que cada vez que cerraba los ojos, el mundo se sumía en la más profunda oscuridad. Le llamaron Cabrakán, aunque su verdadero nombre nadie lo supo nunca..."

~•~

CHAAK

"...me dijeron: 'esparce la lluvia', y así lo hice; oculté mi rostro bajo cuatro máscaras de diversos colores y comencé a soplar en las cuatro direcciones del universo... Cuando me cansé, busqué refugio en un cenote a las puertas del inframundo, y moro ahí desde aquel entonces... a veces los muertos reparan en mi presencia y me preguntan qué hago allí, cuando soy tan necesario en la tierra. Y yo contesto, con una sonrisa en los labios: 'estoy aquí, pero también estoy allá'..."

•

Historias de la gente nube

"¿Acogerás bajo tus negras alas a aquellos que ya han dado el paso? ¿Custodiará tu mirada descarnada el sendero que todos habremos de andar?
Dime, Coqui Bezelao ¿Nos consideras dignos de reposar en tu regazo?"

~•~

"Para él no existió principio, y tampoco existirá final. Infinito es su sendero: donde inicia, también termina, pues el propio universo se agita entre sus manos...
¿Quién más que el creador de creadores? ¿Qué otro sino el propio Coqui Xee?"

~•~

"El cielo mismo se cimbra cuando se aproxima su llegada, pues a él pertenecen las nubes y la fiera luz que de ellas emana. Para algunos, bendición. Para otros, caos. A nadie resulta indiferente, e imposible es ignorar su magnificencia. ¿Has oído eso? ¡Es su voz que clama desde el firmamento! ¡Pitao Cocijo viene a visitar a sus amados niños!"

•

PLEGARIAS OLVIDADAS

El canto de la diosa

"Allá,
en los confines del mundo,
donde el sol duerme
y la luna canta,
vive una diosa
qué llora y ríe
al mismo tiempo,
Preguntándose
el por qué
nos empeñamos
en destruir
el mundo que ella
nos ha regalado."

~•~

"El canto del quetzal
va siempre al corazón,
y entre ricos y pobres
él no hace distinción."

~•~

Canto primaveral a Xipe Totec

"Cada primavera renace
con un nuevo color,
regalo de una doncella
y su último dolor.
Alegre baila en el campo,
la vida le sienta bien,
y danzará hasta el ocaso
con sangre adornando su sien.

Con el nacerán las mazorcas,
los Zapotes y chiles también,
¡agradecidos siempre estaremos
con nuestro señor que cambia de piel!"

~•~

La bendición de Tláloc

Lluvia sagrada
que moja
pero no empapa,
es la bendición
de Tláloc,
que bendice
los campos
y jamás
los maltrata.

~•~

Alabanza a Tláloc

"¿Será que la lluvia
Tláloc la ha mandado?
¿O simplemente las nubes
El agua han desechado?
No lo sabemos,
Sólo creemos,
El agua que tenemos,
¡Siempre agradecemos! "

~•~

Sacrificio a Huitzilopochtli

Corazón palpitante
de color carmesí,
atiende el llamado
del dios colibrí.
Déjate caer,
no luches más,
alimenta al sol
Y deja la vida atrás.

~•~

El Nacimiento del colibrí del sur

"Dicen que llegó al mundo envuelto en una pelota de plumas, y que era tan fiero y cruel, que descuartizó a su hermana con tan solo el poder de su pensamiento.
Dicen que era colibrí y sol al mismo tiempo. Se cuenta que los antiguos le llamaban Huitzilopochtli..."

~•~

La promesa de Cuauhtémoc

"Esta tierra que hoy te robas,
No es tuya
Y nunca lo será.
Volveremos por ella,
Reclamaremos
Lo que es nuestro,
Y aunque nos cueste
Lágrimas y sangre,

La arrebataremos
De tus blancas manos..."
La muerte de un amigo

~•~

"De la tierra venimos
y a la tierra pertenecemos.
Que sean mis manos
granos de maíz,
y que mis ojos
se conviertan
en semillas de frijol.
Que mi deceso sea
un nuevo comienzo,
un brote verde
que se inclina agradecido
cuando lo toca el sol."

~•~

La muerte de un campeón mexica

"Dile a la luna
que no llegaré
a nuestra cita
hoy.
Que me reclaman
la tierra y el sol,
que mis ojos
ya no verán su luz...
Dile que vuelvo
a ser maíz,
dile, madre tierra,
que vuelvo a ser de ti..."

~●~

El Ateponaztli

"Y todos los que perecían devorados por las aguas escuchaban el sonido de un curioso tambor antes de fallecer; era un sonido armónico y tranquilizador, que los alejaba de la pena, la desesperación y el dolor. Luego, entre sueños, veían unas plumas negras y amarillas pasar sobre su cabeza. Después perdían el conocimiento.
Ellos no sabían que, aunque su aventura terrenal había terminado, su viaje en el Tlalocan apenas había comenzado..."

~●~

Allá en el Tlalocan

"Yo no sé nada de odios ni rencores; solo sé de lunas y soles, de amaneceres y dulces noches, de ojos negros y rostros sonrientes... Yo no sé de penas ni de tristezas. Solo sé un poco de ti y un poco de mí..."

~●~

Tonatiuh

"¿A dónde va Tonatiuh
cuando desaparece
en el horizonte?
¿A dónde van la corona
de luz
y el luminoso manto?
¿Marcharán lejos
para no perecer?

117

¿O solo duermen
y pronto volverán a ser?"

~•~

La diosa de las flores

"Nació de la tierra
durante una húmeda
mañana,
con el rostro al sol,
los labios al viento
y el corazón abierto.
Traía consigo
alegría, belleza
y paz.
Era la señora
de la fertilidad,
era la hermosa
Xochiquetzal."

Universo huichol

"Sé fuego para iluminar,
no para quemar.
Sé tierra para sembrar,
no para sepultar.
Sé agua para beber,
no para ahogar
Sé siempre tú,
no seas nadie más."

~•~

"¿Sientes fluir la vida en este campo? Es la energía de nuestra
abuela Tierra, que nos acoge en su cálido abrazo, regalándonos un
trozo de su mágico aliento, una parte de su mística existencia..."

~•~

"Observa fijamente la llama de la hoguera; verás en su centro el
rostro de nuestro abuelo fuego. No intentes tocarlo, pues su
cuerpo es sagrado, y si tocara tu cuerpo, este quedaría calcinado."

~•~

"Todo comenzó con el andar en la tierra de nuestro bisabuelo cola
de venado, quién ansioso por crear un mundo y a la vez ser parte
de él, sumergió su espíritu en todo aquello que es y no es,
dándole forma a lo material y también a lo inmaterial."

•

Popocatépetl e Iztaccíhuatl

"Solo dos cosas quiero llevarme de ti
el día en que me toque partir:
Un último beso, una última mirada.
El primero para recordar que este mundo
no es eterno, y la segunda para no olvidar
que aun así me amas."

~•~

No te mentiré:
falta solo un instante
para que la penumbra
nos dé alcance.
Nos cubrirá su sombra
y seremos presas
del vasto cielo
y el sueño eterno.
Pero estaremos juntos;
aunque eso disguste
a los dioses,
aunque eso perturbe
al mundo..."

~•~

"Cada vez que tu rostro
viene a mi mente
recuerdo que existo
solo para verte."

~•~

El día que me quede un instante,
ese momento en que solo
me reste un respiro,
ese segundo, amor mío,
te prometo
que lo gastaré contigo."

~•~

"...te prometo, que mi sombra siempre acompañará a la tuya; la abrazará cuando tenga frío y la besará cuando se sienta sola...
A cambio, solo te pido una cosa: que eso mismo también haga la tuya..."

~•~

"No puedo prometer
que jamás me derrumbaré;
pero si alguna vez sucede
juro será a tus pies."

~•~

"En verdad no importa
si hoy nos perdemos;
tú y yo
siempre nos encontraremos."

~•~

"Sé bien que solo soy un montón de roca y polvo, pero estar junto a ti me hace sentir eterno.
Yacer a tu lado, ya sea bañado por el sol o golpeado por el frío, me provoca alegría infinita, inexplicable sosiego.
¡Quizá estoy loco! Pero tener tu amor me hace pensar que puedo incluso sobrevivir al tiempo..."

~•~

"...y si algún día dejo de habitar tus ojos, se conformaría mi alma con vivir en tu corazón; ser solo un árbol en un inmenso bosque o un diminuto trozo de nieve en la cima de la montaña...
Sí; si algún día dejas de verme, me bastará con que me recuerdes..."

~•~

"Somos dos caminos
que tarde o temprano
debían de encontrarse.
Somos dos latidos
de un mismo corazón.
Somos la luna y el sol.
Somos tú y yo."

~•~

"Ayer el cielo me habló de ti: las estrellas eran tus ojos y las nubes
dibujaban tu rostro. En la oscura noche pude ver tu cabello, y el
canto de los grillos me recordó tus tímidos suspiros.
Ayer el cielo me habló de ti, y aunque nada contesté, todo lo
escuché."

~•~

"Y si un día me come el tiempo y me obliga a perecer junto con
millones de suspiros ahogados, quiero que ese día, tú estés
conmigo.
Porque sé que, al ver tu rostro, nada más importará; ya que aún
con el peso de mil mundos y sus dioses sobre mis hombros, solo
seré capaz de mirar tus ojos y perderme en ellos para siempre..."

~•~

"Los besos
No son nada
Si se quedan
En los labios
Y no llegan
Nunca al alma."

~•~

"Voy a cerrar los ojos,
y a ver si cuando los abra
ya has vuelto de la guerra.
Me dejaré embargar
por la sombra,
y solo escaparé de
su inexorable abrazo
si vuelves conmigo
y me tiendes la mano.
No quiero esta vida
si no vas a estar,
no deseo trascender
si a mi lado no estás."

~•~

"Dicen que no volverás,
que ya para siempre
sola me habré de quedar.

Dicen que moriste ayer,
y que hoy haría bien
sí ya te dejara de querer.

Pero nada de eso creo,
y sentada junto al ocote
aquí yo te espero.

Porque si he de morir,
quiero dejar este mundo
aguardando por ti."

•

Crónicas del viaje místico

"Fue un sueño estremecedor: me hallaba de pie en una milpa vacía, donde solo se podía ver una mazorca seca gobernando el árido suelo. Al acercarme para recogerla, una serpiente multicolor brotó de uno de sus granos. Intenté atraparla, pero se escabulló veloz hacia el estrellado firmamento.
—¿Qué haces? — le pregunté.
—Volver— me dijo.
Y me quedé ahí, de pie, mirándola, preguntándome si se preparaba para regresar con nosotros o se disponía a huir de esta tierra para siempre."

~•~

"Bruja, le llamaban, porque sabía curar con hierbas y soplidos; bruja, le decían, porque quitaba los dolores de huesos con sábila y humo de copal; bruja, siempre bruja, pero nunca <<gracias>>..."

~•~

"Desperté a mitad del desierto, cegado por la luz del sol, sediento y con decenas de quemaduras en la piel. Un armadillo comenzó a perseguirme, y aunque varias veces conseguí escapar de él y esconderme, siempre terminaba por encontrarme; tal parece que no importa cuánto lo intentes, es imposible escapar de lo que eres."

~•~

"Aún y cuando corría con todas mis fuerzas, el venado azul conseguía evadirme con pasmosa facilidad, yendo siempre un paso o dos por delante de mí. Frustrado, decidí dejar de correr. Él hizo lo mismo. Así que reanudé la carrera, y él lo hizo también. ¿Cuál era la razón que lo impulsaba a huir? ¿Cuál era el motivo que me impulsaba a seguir? ¡No lo sé! Solo sé que hay algo en mi corazón que me pide no dejar de correr..."

~•~

"Ayer el sol me invitó a caminar por el cielo. Bailé entre las nubes y miré a los ojos a las estrellas, donde me sumergí en el más profundo azul.
Entonces, cuando mi alma se llenó de paz y quietud, una brisa muy fina me pegó en el rostro.
Abrí los ojos. Desperté. ¿Acaso fue solo un sueño? ¿O fue un vistazo a otra realidad? No lo sé con certeza. Solo sé que me alegro de haber estado ahí..."

~•~

"Abrió los ojos y se dio cuenta de que ya se había hecho de noche. Entonces le aulló a la luna, y como esta no le hizo caso, decidió convertirse en cuervo para perderse en lo más profundo del cielo junto a las esquivas estrellas.
Pero estas también lo ignoraron, y no le quedó más remedio que volver al suelo. Ahí se transformó en tlacuache. Poco le duró el gusto, pues de inmediato lo persiguió un coyote sediento de venganza.
Fue así como retornó a su forma humana y prometió no volver a buscar respuestas en otro lugar que no fuera su propio corazón."

~•~

"Caminó durante días. Pisó tierras que nunca pensó conocer, y bebió de ríos de los que jamás oyó hablar. Conoció gente que le abrió los ojos, y aprendió a soñar tan profundo como un pez en el vasto mar. Pero en ningún momento se topó con el dios que había ido a buscar.
¿Sería que la esquiva serpiente no se dejaría mirar?
¿O tal vez conocer a los dioses solo se trataba de atreverse a caminar?"

~•~

"Los aldeanos cuentan que en los instantes previos al amanecer puede escucharse el canto lastimero de una mujer con el corazón roto; según dicen, ella perdió a todos sus hijos en las guerras floridas, y pasa las noches buscando a soldados extraviados con quienes desquitar su pena. ¿Será verdad o es solo parte de la imaginación de los macehualtin?
No lo sé, y tampoco tengo interés en averiguarlo."

~•~

"¿Sabes algo? Hoy he visto el rostro del miedo: tiene ojos grandes y saltones que miran hacia todas partes, una expresión desconfiada y maliciosa que te hace temblar apenas verla, y una media sonrisa que te sume en la más profunda tristeza.
¿Dónde lo vi, te preguntas? Fue en unos de esos artefactos planos y brillantes, esos que los hombres del otro lado del mar suelen llamar <<espejos>>..."

~•~

"Bruja, le llamaban, porque sabía curar con hierbas y soplidos; bruja, le decían, porque quitaba los dolores de huesos con sábila y humo de copal; bruja, siempre bruja, pero nunca <<gracias>>..."

~•~

"Cada mañana le imploro a los dioses que me premien con la sabiduría del tecolote y la astucia de la serpiente; con la inquebrantable voluntad del águila y la poderosa determinación del coyote.
Cada mañana yo les suplico ser un valiente jaguar, uno capaz de ir y venir, de vivir y morir; uno de esos a los que la gente del pueblo llama nahual..."

~•~

"Con tan solo un parpadeo cambió el color del cielo, y bastó una palmada de sus manos para convertir en agua la arena del desierto. Y aunque muchos le llamaron "demonio", estaban equivocados.
Él no era un brujo ni tampoco un hechicero. Era algo peor y mejor al mismo tiempo.
Yo sabía la verdad; yo sabía que él era un nahual..."

•

"En mi corazón hace eco una canción. Es la melodía de un cenzontle que busca imitar la dulce quietud de la noche. Quiere que sus notas sean nubes y estrellas, y que en cada compás haya olas y mareas.
En mi corazón hace eco una canción. Esa melodía eres tú, y también soy yo."

Sabiduría de los Ancianos

"Sí, muchas lluvias pueden formar un océano, pero poco importa cuando sabes nadar."

~•~

"La serpiente del odio muerde dos veces: a su presa y a aquel que la suelta..."

~•~

"El mejor cazador no es el que tiene la puntería más certera, sino el que demuestra más paciencia."

~•~

"Si piensas que la sabiduría es una carga pesada, compártela con otros."

~•~

"Llora, pero no inundes tu sendero de lágrimas; vive tu duelo, pero no vivas en él."

~•~

"Las victorias obsequian confianza; las derrotas, conocimiento."
"Ni tú eres oro,
ni ella es jade,
ni yo soy barro;
todos somos plumas del mismo quetzal.

~•~

"Puedes engañarte y creer que has logrado domar al alacrán, pero tan pronto te des la vuelta, su aguijón te ha de pinchar."

~•~

"Imposible es darte cuenta de lo filosa que es tu flecha hasta que alguien más te dispara con ella."

~•~

"No temas a las tareas que parecen poner a prueba tus fuerzas; los senderos sinuosos siempre conducen a los bosques más verdes."

~•~

"Solo en la penumbra se puede apreciar el rayo de luz."

~•~

"No puedes limpiar el pantano sumergiéndote en él."

~•~

"No existe en este mundo un pozo lo suficientemente profundo como para ahogar la verdad."

~•~

"Da un paso y luego otro; imposible es correr si no has aprendido a caminar."

~•~

"La tristeza es una lluvia pasajera que con frecuencia confundimos con la más terrible tormenta."

~•~

"El tiempo sabe bien cómo olvidar, pero desconoce cómo perdonar."

~•~

"No permitas que la penumbra apague tus ojos; el miedo es siempre el peor consejero."

~•~

"No esperes ser tratado como un héroe por ganar una guerra que tú mismo has provocado."

~•~

"Hoy eres ocuilli, pero mañana serás papalotl; recuerda que para alcanzar el cielo, el punto de partida es el suelo."

~•~

"Si pides consejo al corredor, te dirá como llegar más rápido. Si pides consejo al sabio, te dirá como llegar más lejos."

~•~

"¿Por qué miras el cielo con tanto afán? El destino está en tus manos, no en las estrellas."

~•~

"A veces lo inesperado vale tanto como lo anhelado; la lluvia y el sol nunca son una maldición."
"Aquel que interrumpe su andar por una sola piedra no debería seguir caminando."

~•~

"La sombra existe porque el sol iluminó algo con su luz"

~•~

"Te he visto beber agua. Entonces, ¿por qué te quejas de la lluvia?"

~•~

"El don de la paciencia es un regalo que llega con el tiempo. No todos esperan por él."

~•~

"El miedo a volar desaparece cuando el ave se arroja del árbol"

~•~

"Nunca dejes de aprender del anciano y enseñar al niño. Son

oportunidades que jamás se repiten"

~•~

"Las semillas no florecen solas. Se riegan con sudor, se iluminan con la mirada y se cuidan con auténtico fervor"

~•~

"Te duermes en este mundo y despiertas en el otro. No hay nada que temer."

~•~

"Camina con pasos fuertes. Es la única forma de allanar el camino"

~•~

"Con cada boca que recorre, la verdad se hace más pequeña. Pero con cada boca que conoce, la mentira se hace más grande"

~•~

"No importa cuántas veces se caiga tu espada maqahuitl en las prácticas. Lo importante es que no se te caiga el día de la batalla"

~•~

"No esperes los días con sombra para sembrar la tierra'

~•~

"Y si tu miedo puede olerse desde lejos, las bestias te perseguirán sin descanso. Hay aromas que ni la tormenta es capaz de disfrazar"

~•~

"Aquel que vive recordando los pasos que caminó ayer, corre el riesgo de perderse con los pasos que da hoy"

~•~

"No guardes las semillas de cacao para gastarlas mañana. El gusano de la codicia podría devorarlas y entonces ya no tendrías nada"

~•~

"¿Y si la montaña se atraviesa en mi camino?
- Llénate de orgullo y confianza, luego sube hasta su cima
¿Y después?
- Reúne toda tu humildad y desciende hasta su sima"

~•~

"No te muevas por el viento, muévete con él"

~•~

"El hombre blanco firma todos sus escritos con letras, como si eso le diera trascendencia. No sabe que la inmortalidad la otorga el recuerdo, y no un burdo papel impreso"

~•~

"Pelea. Pelea hasta que tu espada maqahuitl te sea arrancada de las manos. Si no estás dispuesto a hacerlo, mejor no pelees."
~•~

" La vida es una carrera en círculos. Al final, sin importar lo que hagas, siempre regresas al punto de partida"

~•~

"Aquel que interrumpe su camino por una piedra no debería seguir caminando"

~•~

"El camino es complicado para el que corre cuando debe caminar y para el que camina cuando debe correr"

~•~

"No mires hacia abajo al viajero que tiene los pies cubiertos de polvo. No sabes de donde viene ni cuánto ha caminado, ni mucho menos si ya ha llegado"

~•~

" Solo germina la semilla sembrada en la tierra. Nunca dará fruto aquella que fue abandonada bajo el rayo del sol"

~•~

"Planta una semilla de cacao en la mano del desafortunado, un día crecerá hasta ser un árbol capaz de dar cobijo al desamparado"

~•~

"Si nunca aprendiste a caminar como el armadillo, ¿Por qué pretendes correr como lo hace el jaguar "

~•~

"El olvido no se come a los héroes. Es la indiferencia quien los ha devorado"

~•~

"El escultor puede enseñarte a moldear la arcilla, pero no puede instruirte sobre cómo hacer arte"

~•~

"El tlatoani está en el trono para servir a la gente. Gobernarla es una simple consecuencia."

~•~

"La niña que pregunta hoy es la mujer que responderá mañana"

~•~

"No le creas a la serpiente cuando ayuna. Sólo está haciendo espacio para una presa más grande"

~•~

"Todos quieren ser valientes, pero nadie quiere aceptar que tiene miedo"

~•~

"Mantente firme. Nadie ha derribado una montaña a base de insultos"

~•~

"El sol no hace distinciones con sus rayos. Es el hombre quién lo evita buscando siempre la sombra"

~•~

"La posición de las estrellas sirve para planificar la siembra, no para adivinar destinos."

~•~

"La luna solo brilla para los que miran el cielo de noche."

~•~

"Todo gran templo empezó siendo sólo una roca"

~•~

"Sólo en los campos arados pueden plantarse las semillas"

~•~

"No reprendas al niño que pregunta: ¿Por qué?
Sólo está haciendo aquello que tú ya olvidaste hacer"

~•~

"El jaguar no debe cazar hormigas ni cuando el hambre es insoportable"

~•~

"No te preocupes, el sol volverá mañana"

~•~

"La única falla en un error es no solucionarlo a tiempo"

~•~

"Contar las estrellas del cielo es tan inútil como ignorarlas. Son parte de la vida, pero no la vida misma."

~•~

"Algunos tardan más que otros, pero inevitablemente todos los capullos se convierten en mariposas"

~•~

"Nadie es más preciso que un cazador con una sola flecha"

~•~

"A las personas simples les gustan las palabras complicadas"

~•~

"La confianza es como el tiempo: cuando se acaba, ya no se recupera"

~•~

"No le tiendas tu mano al lagarto. La morderá si tiene oportunidad."

~•~

"El águila quería proteger a sus polluelos. Así que decidió dejarlos volar."

~•~

"Cuando encuentres una piedra en tu camino, no la uses para destruir, úsala para construir"

~•~

"El cazador sabe que cada flecha es una oportunidad, por eso no las gasta todas en una sola presa."

~•~

"Él te enseñó a usar el arco y la flecha. Te mostró cómo usar el escudo y cómo golpear fuerte con la maqahuitl. Te dijo todo lo sabía sobre vivir y te dejó volar libre para que aprendieras el resto.
Agradécele siempre. Y si no lo has hecho, aún no es tarde. Nunca es tarde para decirle gracias a tu padre."

~•~

"El tonto espera con los brazos cruzados, el sabio lo hace caminando."

~•~

"El consejo del anciano es más valioso que mil semillas de cacao."

~•~

"La copa le recuerda al árbol hacía donde va. La raíz le recuerda de donde viene."

~•~

"La verdad duele, pero la mentira mata."

~•~

"No confundas el miedo con la prudencia. Los valientes también saben esperar."

~•~

"La belleza vive en las flores plantadas en el campo, no en las

149

condenadas a morir en un jarrón

~•~

"No se pueden cosechar frutos de un campo en el que no se ha sembrado nada"

~•~

"El dolor por la partida de un viejo sólo tiene una cura: el surgir de la sonrisa de un niño."

~•~

"Sólo el caminante que tropieza mil veces sabe cómo evitar las piedras en el camino"

~•~

"Sólo se recupera de las caídas aquel que le pierde el miedo a levantarse."

~•~

"Cuando camines, sólo mira al frente. Otros a tu lado podrán correr
y a otros los verás caer.
Nada de eso importa, mientras tú sigas avanzando.

~•~

"El amigo verdadero no sólo te tiende la mano para felicitarte, también lo hace para levantarte."

~•~

"El tapir no le teme al jaguar, sólo le teme a morir."

~•~

"Duerme por la noche, sueña durante el día"

~•~

"Que te persigan los sueños al dormir, luego persíguelos tú al despertar"

~•~

"La valentía no es otra cosa que el temor que ha sido aceptado."

~•~

"La fuerza gana batallas, pero la estrategia gana guerras."

~•~

"Se veloz para corregir tus errores y lento para juzgar a los demás."

~•~

"Las respuestas están en tus manos, no en las estrellas."

~•~

"Se prudente con lo que hablas. Hay palabras que hieren más que una lanza bien afilada."

~•~

"Que se agoten tu fuerza y energías,
que se terminen tus palabras y consuelos,
Pero que nunca se te acaben los sueños."

~•~

"La vida es igual que un cielo nublado. Después de la lluvia y atrás de la nubes, siempre se encuentra el sol."

~•~

"Si se corrigen, los errores cuentan como aciertos."

~•~

"Las piedras sólo estorban el camino de aquellos que no se atreven a apartarlas."

~•~

"La casualidad nos visita sólo cuando estamos listos para recibirla."

~•~

"Una buena puntería no es cosa de suerte, es cuestión de práctica."

~•~

"No sigas con la vista a las caprichosas nubes. Hoy están, mañana no. Mejor préstale atención al sol, que sin importar que pueda pasar, siempre saldrá por el mismo lugar.

~•~

"Es imposible caminar hacia dos sitios al mismo tiempo."

~•~

"Cuando subes aprendes mucho, pero cuando caes aprendes más."

~•~

"Lo que no se logra hoy, seguro podrá lograrse mañana."

~•~

"Las nubes siempre se apartan para dar paso al sol."

~•~

"Comprendo tus ansías, pero no entiendo tus prisas."

~•~

"Si no te gusta empezar nada, acostúmbrate a seguir a otros."

~•~

"No todas las veces que aúlla un coyote tiene a una presa entre sus dientes."

~•~

"Mira al frente. El camino por recorrer siempre es más largo que el trecho ya recorrido."

~•~

"La verdadera valentía reside en levantar la espada que ya se te ha caído al suelo."

~•~

"El pescador aguarda paciente la llegada de nuevas oportunidades. Sólo aquel que sabe esperar es recompensado con una buena pesca."

~•~

"El sabio ha fracasado muchas veces y acertado pocas. Es por eso que ha aprendido tanto."

~•~

"El corazón solitario no sabe latir acompañado."

~•~

"Ni la luna más grande ni el sol más brillante son suficiente para el corazón eternamente insatisfecho."

~•~

"Tener esperanza significa creer que todo será mejor el día de mañana."

~•~

"La luz de la esperanza nunca se apaga."

~•~

"Que sean tus pies quienes se agoten al recorrer nuevos senderos, y no tu mente al soñar con conocerlos."

~•~

"Las flores pueden crecer en cualquier parte."

~•~

"No te definen las alabanzas salidas de tu propia boca. La única palabra que te define es el débil eco de aquello que hagas."

~•~

"El camino siempre parece más corto cuando vas de regreso a casa."

~•~

"El atardecer es indiferente para quien no conoce al sol."

~•~

"Demasiado sol también marchita a las flores."

~•~

"No hay límite en el cielo para las aves que deciden emprender el vuelo."

~•~

"Los sueños no mueren con el fracaso, pero si con el olvido."

~•~

"El fuego es aliado y enemigo, confiar en él y luego desconfiar es lo más natural del mundo."

~•~

"Los guerreros tienen fuego en las manos, pero los patriotas tienen fuego en el alma."

~●~

"En la carrera de la vida no gana quien se caiga menos, sino quién
se levante más.

~●~

"No hay límites para el viajero que no le teme al camino.

~●~

"Para volar sólo hace falta decidirse a abrir las alas."

~●~

"Las lágrimas del inocente son la bebida del tirano."

~●~

"El héroe que el mundo espera puede estar en cualquier parte,
incluso dentro de ti."

~●~

"El secreto mejor guardado es el que no se le confía a nadie."

~●~

"Las almas insatisfechas no son capaces de apreciar el más grande
de los tesoros: la llegada de un nuevo día.

~●~

"Muy poco vale un códice hermosamente pintado cuando no lo
ha leído nadie."

~●~

"Tiende tu mano al itzcuintli sin hogar. Una caricia humana puede
cambiar el destino de un perro desamparado."

~●~

"Los dioses nacen en nuestra mente, pero los milagros nacen en nuestro corazón."

~•~

"El arcoíris brilla en los ojos de quien tiene esperanza."

~•~

"Nuestros sueños no mueren, sólo son olvidados.
Quizá hoy, y no mañana, sea el mejor momento para recordarlos."

~•~

"El dolor es un juego cruel que sólo puede superarse de una forma: dejando todo atrás."

~•~

"No importa si decides caminar como el jaguar, nadar como la tortuga o volar como el quetzal; lo único que importa es que sigas avanzando."

~•~

"Contar las manchas de un jaguar es casi tan inútil como querer pintarlas."

~•~

"En este mundo vacío,
tan carente de color
Y de forma tan irregular,
es necesario
pensar menos y sentir más."

~•~

"Es muy conveniente ser prudente. A veces los perros que ladran sí muerden."

~•~

"La tierra sigue girando, aunque tú elijas dejar de moverte."

~•~

"Los sueños no se alcanzan alzando las manos, sino alzando el corazón.

~•~

"Siembra un grano de maíz
para cosechar una milpa.
Siembra una sonrisa
para cosechar una amistad
de toda la vida."

~•~

"No existe oscuridad en el mundo que no pueda ser iluminada con una sonrisa."

~•~

"Si quieres conocer el camino, recórrelo dos veces. Una para aprender, y la otra para enseñar."

~•~

"Los caminos más sencillos son frecuentemente los más olvidados."

~•~

"Si quieres que tu semilla dé una flor, te sugiero que, en lugar de agua, uses paciencia para regarla.

~•~

"Si no te quieres caer, no camines, pero tampoco te quejes cuando no avances."

~•~

"Nadie se cae cuando no se mueve."

~•~

"El tiempo no perdona los errores, sólo los olvida."

~•~

"El amor no es para todos, por eso la mayoría elige el odio"

~•~

"Si nadie cree en ti, empieza por creer tú. Podría sorprenderte el brillo de tu luz."

~•~

"Los arrepentimientos cuestan caro. Los intentos, por el contrario, no cuestan nada."

~•~

"Yo no escribo para que me recuerden, más bien lo hago para que no me olviden."

~•~

"Aquel
que vive en las nubes
está más cerca del Cielo
que el resto."

~•~

"Pisa con cuidado, nadie es capaz de recoger los pasos ya dados."

~•~

"La mentira nace del árbol de la duda, si no sabes que decir, entonces lo mejor es callar y observar."

~•~

"Nadie puede apagar el sol con un parpadeo."

"Si no quieres correr el riesgo de perder una batalla, no la pelees."

"La flor de la confianza no crece en el pantano de la incertidumbre."

"La luna sabe secretos que el sol es incapaz de imaginar siquiera."

"Y allá, donde nadie escucha, todos hablan..."

"Si quieres que tu flecha llegue hasta las estrellas, no dejes de apuntar hacia el Cielo."

"El camino siempre está lleno de obstáculos para aquellos que avanzan con miedo."

"La prudencia al hablar es algo que pocos saben usar."

"El dulce fruto de la paciencia hace que haya valido la pena la amarga espera."

"De un momento a otro, la Luna se comió al Sol, sumiendo al Anáhuac en la más terrible oscuridad. Los Ancianos pidieron calma, pero el pueblo sabía bien lo que estaba pasando: el final de nuestro mundo se aproximaba..."

~•~

"El guerrero debe ser capaz de sentir miedo, ya que, sin él, jamás podrá ser valiente."

~•~

"No vivas con intensidad, vive con felicidad."

~•~

"De nada sirve ser el dios de un mundo vacío."

~•~

"Hacer el bien no siempre significa hacer lo correcto."

~•~

"Los sueños duran tanto como quieras; un instante, una noche o si así lo deseas, hasta una vida..."

~•~

"El mal ha pasado tanto tiempo entre nosotros ya, que a veces, sin querer, lo confundimos con el bien."

~•~

"La mirada no teme decir lo que el corazón se esfuerza por callar."

~•~

"No le pidas al Cielo vivir un poco más, en su lugar empieza a vivir un poco mejor."

~•~

"A nadie le interesa lo que pienses, pero a todos les importa lo que dices."

~•~

"Nunca te creas superior ni inferior a tus semejantes. La soberbia y el miedo son los peores consejeros."

~●~

"Dime, si nadie puede convencer al jaguar de cazar durante el día,
¿Por qué habría alguien que pudiera convencerte de hacer algo
que no quieres?"

~●~

"Nada le preocupa al Sol durante la noche."

~●~

"La verdadera magia del mundo reside en los actos sinceros y
desinteresados."

~●~

"Nadie en este mundo tiene todas las respuestas, pero todos los
que habitan esta tierra pueden hacer las preguntas correctas."

~●~

"La tortuga siempre llega al final del camino, porque, aunque sus
pasos son lentos, siempre son seguros."

~●~

"Cuando el cielo llora, la tierra se alegra."

~●~

"Si la tierra es capaz de comerse al Sol, ¿Acaso no podrá tu
voluntad salir al mundo y devorarlo de igual forma?"

~●~

"Las mentiras son igual que aves de papel. Vuelan por un tiempo,
pero al final terminan cayéndose."

~●~

"Haz el bien. No esperes que los dioses lo hagan por ti."

~•~

"Que no te dé miedo llorar. Quizá tus lágrimas algún día formen
un río en el que puedas navegar."

~•~

"El tiempo se termina cuando decides no seguir caminando."

~•~

"A veces las estrellas se cansan de alumbrar, de guiar, de cumplir
deseos...
A veces quisieran ser ellas las que miran con esperanza el cielo..."

~•~

"Cuando camines, mira una vez hacia atrás y dos veces para el
frente. Aprende de tus errores, pero nunca le temas al presente."

~•~

"El tiempo sabe bien cómo olvidar, pero desconoce cómo
perdonar."

~•~

"La única batalla perdida es aquella que no te decidiste a pelear."

~•~

"Estamos llenos de defectos y en vano tratamos de ocultarlos. No
es malo tenerlos, es malo no aceptarlos."

~•~

"No dejes de soñar, ni siquiera cuando estés despierto."

~•~

"El miedo es parte esencial de nuestra vida. Aceptarlo y
enfrentarlo debe ser para nosotros tan natural como respirar."

~•~

"No es necesario anunciar tu fuerza con la voz en alto. Recuerda que el rugido del trueno siempre llega después que la luz del relámpago."

~•~

"Las nubes son los pensamientos del cielo. A veces abundan, otras escasean, pero siempre están presentes."

~•~

"Pensar es agotador, pero no hacerlo puede resultar devastador."

~•~

"Solo la duda es permanente. El conocimiento evoluciona día con día."

~•~

"El verdadero amor se manifiesta siempre; bajo una inclemente lluvia o cobijado por las estrellas de una noche azul. No se deja amedrentar por vientos encontrados ni por el furioso calor del sol. El verdadero amor solo es, y nunca pretende ser..."

~•~

"Nadie es dueño de la verdad. Por el contrario, todos somos dueños (y esclavos) de nuestras propias mentiras."

~•~

"El destino es un río que fluye constantemente. Puedes dejar que te arrastre su cauce, o puedes remar fuerte y formar tu propia corriente."

~•~

"El tiempo es agua en manos del insensato."

~•~

"Perder, ganar, ¿Qué importa? Lo realmente valioso es haberlo intentado."

~•~

"Allá afuera, en lo más profundo del vasto azul, hay mundos iguales al nuestro. ¿Los alcanzaremos algún día? ¡Quizás! Solo nos hace falta comprender a las estrellas..."

~•~

"El anciano es sabio gracias a la experiencia, pero el niño lo es gracias a la inocencia."

~•~

"Los sueños no se terminan cuando despiertas, sino cuando bajas los brazos."

~•~

"Caminar por la derecha, no te garantiza ser bueno; avanzar por la izquierda no te obliga a ser malo; andar por el medio no te vuelve más justo; eres único, y libre de elegir tu propio camino."

~•~

"El hombre que habla con verdad siempre encuentra oídos dispuestos a escucharlo."

~•~

"No, una mujer no es fuerte por naturaleza; una mujer es la personificación natural de la propia fuerza."

~•~

"Solo el tiempo es capaz de calmar a los mares agitados, a los furiosos terremotos, y a los corazones enojados."

~•~

"No le pidas buena suerte a los dioses; mejor implora por salud, y labra tú mismo el camino hacia la felicidad."

~•~

"El hombre sabio habla una vez, pero escucha dos veces."

~•~

"La venganza tiene vida propia; tú crees manejarla, pero realmente sucede al revés."

~•~

"El tiempo no perdona a los indecisos."

~•~

"Nada malo hay en la derrota, salvo no aprender nada de ella."

~•~

"Los valientes también sienten miedo, pero no temen enfrentarlo."

~•~

"Tú preocúpate por sembrar el árbol, y deja que tus hijos se preocupen por cosechar los frutos."

~•~

"Si tú no sabes, yo te enseño,
si yo no sé, de ti aprendo."

~•~

"Si quieres que tus ideas lleguen lejos, no las aprisiones; abre tus manos y deja que vuelen libres con el viento."

~•~

"La grandeza en hombres y mujeres se define por sus actos, no por sus bienes."

~•~

"Nadie aprende con el ejemplo ajeno; el único aprendizaje valorado es el que se asimila al sacar una fecha ensangrentada de nuestro propio cuerpo."

~•~

"No te aferres al tiempo, mejor fluye con él."

~•~

"Los consejos son igual que el agua; no se desperdician, solo se dan a aquellos que tienen sed."

~•~

"Quizá el tiempo olvide nuestros nombres, pero jamás olvidará nuestras acciones."

~•~

"No hay mejor educación que aquella impartida por una madre; es ella la primera escuela y una fuente de sabiduría imperecedera."

~•~

"Solo hace falta una flecha para el guerrero con buena puntería."
~•~

"No todas las águilas que vuelan bajo están heridas; algunas se acercan al suelo para buscar a una presa que se ha escondido bajo tierra."

~•~

"Que la tristeza nunca detenga tu caminar; recuerda que el camino a la felicidad está pavimentado con decepciones."

~•~

"No se puede adornar un escudo con una sola pluma, ni tampoco se logra el favor de los dioses con una única oración."

~●~

"Si has decidido caminar, deja los temores a un lado; el sendero
del miedo no conduce a ninguna parte."

~●~

"No desprecies las tardes con lluvia, pues son ellas quienes traen
el agua que hace florecer la tierra.
No añores las tardes de sol, porque a veces mucho calor puede
quemar el corazón."

~●~

"Cuando se apaga el sol, se encienden los sueños."

~●~

"Los seres humanos somos idénticos a los suspiros de un dios:
breves, pero majestuosos."

~●~

"Que la puesta del sol no te haga dudar del amor de los dioses;
cada nuevo amanecer es una prueba de que aún nos aman."

~●~

"El que no olvida de donde viene,
siempre sabe a dónde va."

~●~

"Elige la vida, pero no le des la espalda a la muerte."

~●~

"El corazón de los valientes nunca se detiene; es valiosa
protección durante la vida, e infinita fuente de inspiración tras la
muerte."

~•~

"La obligación de los jóvenes, es aprender; la de los viejos, es enseñar."

~•~

"Aquel que quiere cazar dos presas con un solo disparo, terminará desperdiciando una flecha."

~•~

"No rechaces a la pena ni al dolor, porque son ellos los ladrillos que construyen la felicidad."

~•~

"La tristeza es igual que una flecha rota: puede herirte, pero es incapaz de matarte."

~•~

"¿Es que acaso se puede imaginar al cenzontle sin su canto? ¿O al quetzal sin sus hermosas plumas?
¿Es que alguien puede concebir siquiera al jaguar sin su piel moteada? ¿o al cielo azul sin la presencia del brillante sol?
Y si nada de esto es posible, ¿por qué nos hemos acostumbrado a ver separadas a las personas que se aman?"

~•~

"Elige cuidadosamente tus batallas; hay peleas que no merecen siquiera una amenaza de tu maqahuitl, y hay guerras donde necesitarás todas las flechas que tengas."

~•~

"No hace falta crear el sendero, pues este siempre ha existido; más bien hace falta caminarlo, y aceptar que antes te encontrabas perdido."

~•~

"El tiempo siempre se escapa de las manos que no quieren

sostenerlo."

~•~

"La única muerte que conozco, es el olvido. Mientras persista el recuerdo, no existirá la muerte."

~•~

"¿Y para qué quieres tus alas si no las vas a usar para volar? ¿Es que acaso vale ser ave cuando el cielo no se quiere alcanzar?"

~•~

"—¿Sabes algo, abuelo? La existencia está sobrevalorada. Solo somos una mota de polvo en el vasto universo, un grano de arena en un inmenso desierto, una nota inaudible de una infinita canción... ¿No lo crees así? Dime, ¿tú qué piensas?
—Yo... Simplemente me alegro de estar vivo..."

~•~

"No existe semilla que eche raíces en un solo día; el secreto del éxito reside en saber esperar."

~•~

"—Abuelo, ¿qué me puedes decir sobre la eternidad?
—Que empezó ayer, y mañana terminará..."

~•~

"El brillo verdadero no vive en las joyas ni en los mantos de plumas; tampoco vive en los ingeniosos versos ni en los floridos discursos. El auténtico brillo solo habita en un lugar: en el rincón más profundo de nuestro propio corazón."

~•~

"¿Por qué te sigue dando miedo caer si ya has aprendido a levantarte?"

~•~

"El único sacrificio que los dioses esperan de ti es que aceptes su voluntad. La lealtad es más valiosa que una cascada de sangre escurriendo por las escaleras de un templo."

~•~

"No siempre llega más lejos el que corre más rápido; a veces el destino se alcanza solo con saber esperar."

~•~

"El sabio aguarda pacientemente por el aprendizaje. El necio corre con desesperación hacia el fracaso."

~•~

"El jaguar sabe bien que cazar no es un placer, sino una necesidad; la vida que quita hoy es la vida que devolverá mañana."

~•~

"La vida es un sueño del que solo se despierta con la muerte."

~•~

"La guerra sin honor es igual a un templo sin dioses; un mero adorno, un lujo innecesario, un montón de piedras apiladas sobre una tierra que jamás será sagrada."

~•~

"Nadie ha llegado a ningún lado permaneciendo sentado; aquel que desea lejos llegar, no puede hacer otra cosa más que caminar."

~•~

"Si vas a caminar con los jaguares, que sea para aprender a cazar y

170

no para atemorizar; recuerda que en este mundo de cielo y tierra a veces somos cazadores, y otras veces somos presa."

~•~

"No hay enemigo pequeño; quizá el viento sea incapaz de arrancar una montaña del suelo, pero si puede cubrirla de nieve."

~•~

"No todo el que vuela es un quetzal, ni todo el que se arrastra es un gusano; vuelan a su vez los diminutos insectos, y también se arrastra el jaguar justo antes de atacar..."

~•~

"Tiende tu mano al amigo que se ha caído, pero nunca te conviertas en su eterno bastón."

~•~

"El sabio oye todos los consejos, pero solo sigue a su corazón."

~•~

"Caridad significa obsequiar una semilla de cacao aún y cuando la necesites para sembrar un árbol."

~•~

"El miedo jamás te abandonará si te rehúsas a caminar. Solo hace falta un paso para empezar a volar."

~•~

"No pretendas correr cuando aún no sabes caminar; recuerda que la victoria es el fruto, pero el aprendizaje es la semilla."

~•~

"Y si morir es despertar, ¿será que a este mundo venimos a soñar?"

"El templo del aprendizaje siempre tiene las puertas abiertas."

"Ya hay que olvidarnos del "fuimos" y concentrarnos en el "seremos"; se han borrado nuestras huellas del camino, y ahora solo nos queda volver a caminar."

"—Abuelo, ¿Cuántas estrellas hay en el cielo?
—Tantas como tú quieras ver...
—¡Quiero verlas todas!
—Pues entonces deja de hablar y comienza a mirar..."

"El aleteo de un colibrí dura apenas un instante.
Su belleza, sin embargo, dura para siempre."

"No sabemos lo que pueda pasar mañana, pero si sabemos lo que podemos hacer hoy."

"Ni la lanza, ni el cuchillo, ni tampoco la flecha; el arma más letal que puede tener un cazador es la paciencia."

"El "ahora" es aquí, no allá; para construir el mañana, hoy debes empezar."

"Equivocarse es necesario para aprender; solo aquel que se cae es capaz de levantarse."

"No agotes tus flechas en una sola cacería; un buen cazador sabe
que existen presas a las que no vale la pena atrapar."

~•~

"No le cierres la puerta al conocimiento; una mente cultivada es
tan filosa como una hoja de obsidiana."

~•~

"Hacer la guerra para buscar la paz es igual que derrumbar un
templo para construir otro: cada vez querrás más, y pronto no
sabrás cuando parar."

~•~

"Recuerda que la vida es un círculo, y el final del camino es tan
solo un nuevo principio."

~•~

"Que no te avergüence ser serpiente, porque para poder volar,
antes el suelo debes tocar."

~•~

"Y si eres nube,
nunca mires hacia abajo
lleno de desdén,
no olvides que un día
cuando haya muchos como tú,
te volverás lluvia
y caerás en ese lugar
al que no quisiste valorar."

~•~

"Siempre hay un sendero para aquel que desea seguir
caminando."

~•~

"La confianza es como el tiempo: cuando se acaba, ya no se recupera"

~•~

"No apresures al destino; el otoño siempre llega tras del verano, nunca antes, jamás después.

~•~

"Las sombras no saben de respeto ni limitaciones. Envuelven al insecto y cubren también al sol; evaden al viento, se esconden tras la lluvia y desconocen el honor. Si algún día siguen tus pasos, es porque desean tenerte entre sus manos."

~•~

"La soberbia y el orgullo jamás deben dominar tus acciones; recuerda que incluso el quetzal puede perderse en la inmensidad de la selva."

~•~

"Para volar no necesitas alas, solo voluntad."

~•~

"No hay noche que no termine ni día que sea eterno; algunas veces habrás de llorar, pero no por eso olvidarás cómo sonreír."

~•~

"Cada semilla es una oportunidad, y cada brote es un logro. Es el comienzo de una nueva vida que, aunque está condenada a terminar, dejará una huella en la tierra que perdurará una eternidad."

~•~

"Y si vas a ser la copa de un árbol, nunca olvides que también tienes raíces; el sol te puede iluminar, pero es de la tierra de donde siempre te has de alimentar."

~•~

"El viento no puede derribar a una montaña; la montaña no puede detener el cauce de un río, y un río es incapaz de frenar el soplido del viento. No importa que tan fuerte, astuto o poderoso seas, no puedes ganarles a todos."

~•~

"Añorar el pasado es despreciar el futuro; recuerda que nadie puede cambiar el ayer, pero todos pueden construir el mañana."

~•~

"Asume la responsabilidad de tus acciones; recuerda que la flecha no falla el tiro, el arquero sí."

~•~

"El jaguar es gran cazador porque sabe cuándo atacar y cuando solo acechar; a veces el silencio puede ser más devastador que un furioso rugido."

~•~

"No le temas a la fuerte lluvia ni al salvaje viento; mantente firme bajo el inclemente sol y soporta estoico los embates de los días nublados. Recuerda que, aunque hoy somos semilla, mañana seremos árbol."

~•~

"Ten siempre presente que la fuerza del jaguar y la tenacidad de la serpiente son parte natural de tu esencia; eres tú quien decide su influencia sobre tus pensamientos y acciones. Eres tú el único que determina si te gobiernan sus poderosos atributos o sus oscuras debilidades."

~•~

"Sé que estás cansado, pero te pido no desfallezcas; el tesoro que buscas puede estar en tu próximo paso."

~•~

"La verdad es una pieza de jade con mil caras, cada una de ellas diferente y legítima al mismo tiempo. Es mar, bosque y también cielo. Es árbol eterno y entre sus ramas sostiene a todo el universo..."

~•~

"Solo el necio hace mofa de los pensamientos que no coinciden con el suyo; el sabio sabe escuchar y tolerar, comprender y observar, porque sabe bien que, en este mundo, cada persona posee un trozo de verdad."

~•~

"Nadie va tras el águila cuando emprende el vuelo, pero todos siguen sus pasos cuando descubren que su travesía la llevó a lo más alto del cielo."

~•~

"Nunca dispares una flecha con los ojos cerrados; podría terminar haciendo blanco en tu propio brazo."

~•~

"La noche siempre precede al amanecer. Recuerda que solo tras la más densa oscuridad puede brillar la luz."

~•~

"Y si somos nubes, que nos dejen pasear por el cielo, aunque nuestra marcha cubra el sol. Solo un instante permaneceremos ahí, y luego andaremos hacia el infinito, donde todo termina e inicia otra vez."

~•~

"La lluvia es el llanto del cielo. Dulce cuando se alegra de existir, ácido cuando recuerda que vivimos bajo su manto."

~•~

"No siempre debes esperar por los demás; a veces basta un gorrión para entonar una bella canción."

~•~

"Todos desean ver un colibrí, pero nadie siembra flores para alimentarlo."

~•~

"La copa del árbol es quien recibe el rayo de sol, pero son las raíces quienes transforman su calor en aliento de vida."

~•~

"Que sean tus actos y no tus palabras, quienes hablen por ti; un héroe no será recordado por la belleza de su maqahuitl, sino por la maestría con que logró esgrimirla."

~•~

"El sol no ilumina el camino de aquellos que se resguardan de su luz bajo un árbol. Recuerda que al amparo de la sombra nadie puede brillar."

~•~

"Y si hoy puedes volar, no mires con desdén a aquellos que les toca caminar. Recuerda que tarde o temprano, te tocará aterrizar."

~•~

"El conocimiento es motivo de humildad, nunca de soberbia; comparte tu sabiduría, pero no tu condescendencia."

~•~

"Humildad significa mostrar respeto tanto al hijo del macehualtin como al hijo del pipiltin; la nobleza reside en los actos, no en las apariencias."

~•~

"La sonrisa de un niño vale más que los mantos de plumas, el polvo de oro y el cacao; no hay recompensa más grande que la de mirar unos ojos llenos de confianza, alegría y esperanza."

~•~

"No pidas que te miren hacia arriba ni tampoco mires a nadie hacia abajo. Recuerda que todos somos frutos del mismo árbol."

~•~

"Somos fugaces.
Como el vuelo de un colibrí,
el aleteo de las alas de una mariposa
o el ruido del viento entre los árboles.
Somos fugaces
y vivimos solo un instante."

~•~

"Frente al viento siempre hemos sido hojas, pero nos gusta pensar que somos pájaros."

~•~

"Criar un hijo es muy similar a sembrar un árbol: si no estás dispuesto a cuidarlo, no te sorprendas si da un fruto amargo."

~•~

"Siempre hay viento soplando bajo tus alas, pero no siempre en la dirección en la que vas. No temas rectificar el rumbo, a veces adonde te diriges no es el lugar en el que deberías de estar."

~•~

"No escuches a aquellas voces que intentan apartarte de tu sendero; recuerda que nadie andará por ti cuando las piedras surjan en el camino."

~•~

"Nunca minimices el sufrimiento de alguien; recuerda que siempre es más fácil dirigir una batalla desde lo alto de una lejana montaña."

~•~

"La cautela jamás debe de ser confundida con miedo; el jaguar acecha, pero no se esconde."

~•~

"Para llegar al final del sendero, hay que atreverse a dar el primer paso."

~•~

"No temas caer, pues es parte natural de la vida; hay que tropezar para aprender a caminar."

~•~

"Un árbol sabe que, para disfrutar de la primavera, antes debe sobrevivir el invierno."

~•~

"Creemos que la muerte nos acecha, pero la verdad es que somos nosotros quienes caminan tras ella."

~•~

"—¿A dónde van los sueños que no se cumplen? —preguntó el niño, tras fallar todos y cada uno de los tiros con su primer arco. —A las estrellas —respondió su abuelo—. A esperar a que nos decidamos a estirar las manos para alcanzar el cielo..."

~•~

"La tormenta puede borrar tus huellas, pero no tus pasos."

~•~

"No te entregues al sueño sin antes alistar tu escudo y afilar tu lanza. La guerra siempre es más cruel con aquellos que nunca previeron su llegada."

~•~

"No hables, actúa; recuerda que a las palabras se las lleva el viento, pero las acciones echan raíces en el suelo."

~•~

"Poco hay de notable en ser valiente cuando se es fuerte; solo aquel que se sabe débil y logra sobreponerse a las adversidades es digno de reconocimiento."

~•~

"La fortaleza del árbol no reside en sus ramas, sino en sus raíces."

~•~

"Que la oscuridad del sendero no detenga tus pasos; recuerda que la noche siempre cede ante la luz del sol."

~•~

"Una buena puntería no es cosa de suerte, es cuestión de práctica."

~•~

"Aunque te equivoques, habla siempre con la verdad; es más fácil hallar perdón para un error que para una mentira."

~•~

"No hay labor más noble que la de aquellos que trabajan la tierra. Es imposible ignorar que todo lo que existe en el mundo empieza y termina con ella."

~•~

"No permitas que te coma la tristeza. Recuerda que lo único que el cenzontle necesita para cantar, es una canción."

~•~

"Se paciente. Aprende del fracaso y no te deprimas tras obtener pocos o nulos resultados. Ten presente que todo árbol empezó siendo no otra cosa que una diminuta semilla."

~•~

"Siempre hay una estrella en el cielo para alumbrar el sendero de aquellos que se aventuran a caminar durante la noche."

~•~

"No permitas que un obstáculo interrumpa tu camino: recuerda que el río no detiene su paso por una piedra."

~•~

"No le mientas a la luna; ella sabe cuándo un reflejo en el cielo intenta hacerse pasar por un estrella."

~•~

"Todas las aves saben cantar, pero algunas han olvidado su melodía. Quizá una de estas mañanas dejen atrás el silencio. Sí, tal vez pronto llegue el día en que encuentren la canción que en su pecho yace dormida."

~•~

"Ni el cenzontle sabe cazar, ni el jaguar puede cantar; nunca olvides que, tanto en el cielo como en la tierra, cada uno tiene su lugar."

~•~

"Levántate y fija la vista en el horizonte. Recuerda, las noches oscuras también se terminan."

~•~

"No niegues a nadie tu conocimiento; recuerda que las flores pueden crecer en cualquier parte."

~•~

"No envidies al águila que vive en la cima de la montaña, pues lo que ella come vive en el agua donde navega tu barca."

~•~

"No existe melodía más bella en este mundo que la del ave que canta en libertad."

~•~

"Las mejores frutas del árbol siempre aguardan en las ramas de arriba."

~•~

"No esperes recoger flores de un campo en el que no has sembrado ninguna semilla."

~•~

"Para que tus hijos comprendan la importancia de un árbol, antes deben conocer el valor de una semilla."

•

El Sabio de la Aldea

"...y si gastas tus noches esperando por la luna, difícil será que la puedas encontrar; echa a andar y adéntrate en la penumbra, que las estrellas solo brillan si las sales a buscar..."

~•~

"No porque algo parezca imposible lo es en realidad; recuerda que hace no mucho tiempo hubo alguien que construyó una ciudad sobre un lago."

~•~

"El odio y la generosidad son llamaradas imposibles de contener; la primera consume todo a su paso y la segunda brinda luz donde solo había oscuridad. Dime, mi querido aprendiz ¿Qué clase de fuego vive en ti?"

~•~

"La única forma de vencer al miedo es aceptar que lo llevas dentro; negar a tu propia sombra jamás te dejará acercarte a la luz."

~•~

"El universo siempre está en equilibrio, aún y cuando a veces no lo parezca; nunca olvides que incluso de un campo en cenizas puede surgir una parcela de tierra fértil."

~•~

"El quetzal sabe que su canto atrae admiración, pero también envidia; la luz siempre ilumina el sendero, pero su paso genera a la vez algunas sombras."

~•~

"Toda derrota es temporal, y tarde o temprano, ha de convertirse en victoria; incluso el sol que pierde la batalla cada noche se levanta orgulloso al amanecer, ajeno al fracaso que la oscuridad le supuso apenas el día de ayer."

~•~

"La verdad es una lanza que lastima una vez, pero a la larga te hace más fuerte. La mentira, en cambio, es una minúscula punta de flecha que, aunque inofensiva al principio, crece sin parar hasta desgarrarte lo más profundo del alma."

~•~

"El temor es una serpiente de apetito voraz a la que sólo se le puede hacer frente corriendo. Tú decides la dirección en la que emprendes la carrera: adelante o atrás. Recuerda que son tus pies quienes eligen hacia dónde te impulsa el miedo."

~•~

"El odio es un camino sin retorno. Es la oscuridad y nadie más, quien envuelve los pasos de aquellos que actúan bajo la sombra de la ira y la maldad."

~•~

"Se valiente: solo los héroes le sobreviven al tiempo."

~•~

"Dicen que en el fuego de una hoguera puedes encontrarte a ti mismo: que en sus llamas viven tus más grandes sueños y tus más profundos miedos.
¿Será cierto todo aquello? ¿Te has atrevido alguna vez a buscar tu reflejo en el fuego?"

~•~

"El conocimiento no se obtiene de forma gratuita. Es un tesoro que demanda esfuerzo y dedicación. Ten en cuenta que para saber "muchas" cosas, hay que leer "muchos" libros."

~•~

"El honor es una virtud escasa."

188

~•~

"No, mi querido niño, poco importa si acudes al telpochcalli o al calmécac, lo único que interesa es que te sirvas de ellos y aprendas; que expandas tus horizontes y despejes tus temores, que formes lazos inquebrantables y que absorbas conocimiento de los sabios y mayores...
Nunca olvides que lo que aprendas hoy, te servirá para construir un mejor mañana."

~•~

"Nunca te conformes. Vuela. Sé un águila. Atrévete a buscar en el cielo esos sueños que las hormigas en tierra han dejado escapar."

~•~

"Ser humilde conlleva cierto equilibrio: significa permanecer ajeno al halago, pero agradecido ante el reconocimiento; implica el nunca mirar hacia abajo, pero tampoco hacerlo hacia arriba. Significa ser tú mismo, sin miedo, pero también sin envanecimiento."

~•~

"Cuida tu lengua cuando la ira invada tu cabeza; hay ocasiones en que las palabras dañan más que la filosa obsidiana."

~•~

"Enseña a tus retoños cómo volar, pero enséñales también cómo regresar a casa."

~•~

"El jaguar no se volvió un gran cazador de la noche a la mañana. Tras su mortal precisión yacen horas de entrenamiento, innumerables fracasos e insoportables noches con hambre. No lo olvides: la práctica es el único camino que conduce al éxito."

~•~

"La sabiduría que buscas para enfrentar la vida siempre ha estado cerca de ti; pregunta a tus padres, ellos ya estuvieron ahí..."

~•~

"El águila no se ocupa del jaguar, sino del cielo.
Al jaguar no le preocupa el pez, sino la tierra.
Al delfín no le consterna el águila, sino el mar.
Y a ti no debe importarte la lejana nieve, sino solo el barro que tus manos pueden moldear..."

~•~

"Quizá no lo sepas, pero en tu pecho habita el corazón de un jaguar. Ruge con cada latido para ahuyentar al miedo y la desesperanza.
Es el eco de los sueños por cumplir. No lo contengas. Déjalo rugir."

~•~

"Las palabras que ahogaste hoy, te perseguirán mañana."

~•~

"No hay poema más bello que admirar la naturaleza en silencio."

~•~

"El sol repunta en el horizonte. La oscuridad es ahora una sombra de tiempos que no vale la pena recordar. Ha llegado el momento en que el miedo debe de quedar atrás. Abre tus alas. Es el día perfecto para volar."

~•~

"No hay esfuerzo pequeño. Toda tormenta inicia con una sola gota."

~•~

"Nadie lo aprende todo por sí mismo; el cenzontle sabe cientos de cantos porque se detuvo a escuchar a otros centenas de veces."

~•~

"Tal vez los ganadores escriben la historia, pero son los héroes quienes construyen el futuro."

~•~

"La nobleza reside en los actos, no en los títulos."

~•~

"Si vives con honor hoy, no tendrás nada por qué arrepentirte mañana."

~•~

"Tan absurdo es el mundo en que vivimos, que muchos consideran a la paz como una invitación a la guerra."

~•~

"La felicidad no vive en el oro, las plumas o el cacao; la felicidad vive en las flores, los árboles y el canto de las aves...
La felicidad, aunque lo dudes, siempre ha estado dentro de ti, esperando a que te decidas a dejarla salir..."

~•~

"No hay mejor día para empezar a caminar que hoy, y no hay mejor día para detenerse que mañana."

~•~

"...y si pudiera pedir un deseo, desearía volver a ser niño; no para corregir aquello que creo hice mal, sino para recordarme que la vida es más que subir escalones y oro acumular...
Si pudiera pedir un deseo, desearía volver a ser niño. No para volver atrás, sino simplemente para recordar cómo se debe caminar..."

~•~

"Todo acaba por saberse; la luna puede conocer secretos que el sol ignora, pero todas sus noches terminarán siempre con un rayo de luz."

~•~

"Aprovecha cada luna y cada sol; recuerda que el tiempo no perdona, solo finge que olvida."

~•~

"Solo aquel que se atreve a lidiar con las espinas del nopal podrá saborear la dulzura de la tuna."

~•~

"Haz oídos sordos a las injurias de los necios; el jaguar no se preocupa por la opinión de las hormigas."

~•~

"Para brillar igual que el sol, hay que perderle el miedo a volar por el cielo."

~•~

"Alza el rostro con orgullo, pero jamás con soberbia; que tu andar no lleve prisa, pero que si sea constante; recuerda que no llega más lejos quién más rápido corra, sino quien simplemente no deja de avanzar."

~•~

"Pensar en aquello que nos separa es tan inútil como perseguir al sol cuando se oculta tras las montañas. Venimos de la misma semilla y al final recorreremos el mismo sendero. Somos uno igual al otro, somos tierra y también somos cielo..."

~•~

"Los poetas van y vienen,
como rayo de sol,
como canto de quetzal.
Pero la poesía permanece,
igual que nubes en el cielo,
igual que sal en el mar.
Los poetas pueden desaparecer,
pero poesía a tu alrededor
jamás dejarás de ver."

~•~

"Y si los sueños se ahogan en el mar, basta con tirarse al agua y
nadar hasta ellos.
Ahí aguardan por nosotros, llenos de ilusión por un posible
rescate.
Ellos, a diferencia de nosotros, nunca dejan de creer."

~•~

"Tras la guerra, una madre no espera que su hijo vuelva a casa
cubierto de gloria; lo único que espera es que vuelva..."

~•~

"No te confíes tras obtener la victoria; no hay peores consejeras
que la vanidad y la soberbia."

~•~

"La respuesta está en las estrellas: la sabiduría alojada en el
pasado, la explicación del presente y la esperanza de un mejor
futuro."

~•~

"El verdadero enemigo no está allá afuera, sino dentro de ti;
conquista tus miedos y decídete a surcar el cielo."

~•~

"Vamos a llorar hoy para poder sonreír mañana; solo el cielo que ha vivido la noche es capaz de iluminarse cuando lo visita el sol."

~•~

"No es un perdedor quien que tuvo la mala suerte de caer, sino aquel que ya no quiso levantarse después."

~•~

"Cada día es una batalla. Cada batalla es una oportunidad. Cada oportunidad es un sueño. Cada sueño es una razón para vivir..."

~•~

"Nuestro destino no está en el cielo, sino en la tierra que pisamos y los mares que navegamos; aunque los dioses elijan nuestro tonalli, al final somos nosotros quienes deciden cómo alcanzarlo."

~•~

"El alma no nos pertenece. Es solo un préstamo con fecha de caducidad que tal vez mañana ha de terminar."

~•~

"Y si hoy no se abren tus alas, tal vez lo hagan mañana; emprende el vuelo, una y otra vez, sin importar cuántas veces te caigas. Un día el viento soplará bajo tu cuerpo, y el único límite que conocerás será el propio cielo."

~•~

"Puedes creer o no en el principio divino del universo, pero no puedes dudar de su perfecta construcción. Hubo (o hay) alguien detrás de su concepción. Quizá fui yo. Tal vez fuimos todos. O quizá solo fuiste tú..."

~•~

"Es cierto. En cada semilla duerme un árbol que está ansioso por despertar, pero sin agua, luz y cariño no pasará de ser un débil brote; riégalo, acércalo al sol y pasa tiempo a su lado. Hazlo, y un día dará los frutos más dulces que nadie ha imaginado."

~•~

"Se temerario, pero no imprudente; atacar sin un plan es igual que tirarse a un lago sin saber nadar."

~•~

"Y si caminaste por senderos oscuros ayer, no significa que hoy seas incapaz de pisar la luz; cada día trae un nuevo sol, y cada sol es una nueva oportunidad para volver a soñar."

~•~

"Si tu pretexto para no volar es el miedo a caer, recuerda que en el suelo basta un pisotón para hacerte desaparecer."

~•~

"Escúchame bien cuando digo que la sabiduría no les pertenece solo a unos cuantos; el conocimiento vive en la hierba y en el cielo, en los árboles y las estrellas. Está ahí, esperando a que alguien lo tome, aguarda silencioso y paciente por todo aquel que no tema aprender..."

~•~

"El fracaso es una hierba amarga que es necesario probar de vez en cuando. Nos recuerda que somos falibles, ilusos, frágiles, humanos en toda la extensión de la palabra... Fallar nos acerca a la verdad, porque solo aquel que comete errores la puede alcanzar."

~•~

"Y si pudieras convertirte en sol, ¿Iluminarias al mundo o guardarías tu luz solo para ti? ¿Te atreverías a ser el fuego en la hoguera? ¿O te conformarías con vivir al calor de una llama que nadie más puede disfrutar?"

~•~

"Los recuerdos son tesoros que nadie puede arrebatar; piedras preciosas que adornan nuestra vida, joyas que opacan lo material y ensalzan lo espiritual. Los recuerdos son riqueza, porque aún en la pobreza, todos los pueden evocar."

~•~

"¿Has mirado a los ojos a un jaguar? El universo entero cabe en sus pupilas: mil estrellas refulgen en su iris y centenas de cometas salen de él para refugiarse en ti. Si aún no lo has hecho, ponte de pie y mírate en el espejo. El jaguar que buscas vive allí."

~•~

"La vida eterna no es una ilusión. La inmortalidad puede ser alcanzada si uno logra vencer al olvido. Pero ¿habrá alguien capaz de escribir su leyenda en el voluble cauce del agua? ¿Cómo lograr que el viento susurre para siempre tu canción? ¿En verdad habrá huella que quede para siempre grabada en la tierra?"

~•~

"Y si imaginas un sueño, corre tras él antes de que se esfume. Acúnalo entre tus manos y dale forma como si se tratara de arcilla. Píntalo con tus colores favoritos y sopla sobre su faz, para que sea tu voluntad su magia infinita. Luego déjalo ir, e inicia una nueva travesía.
Eso es lo que le da sentido a la vida."

~•~

"Y en cada persona vive un quetzal, ansioso por mostrar su plumaje e inundar el mundo con su canto. Aguarda paciente por el momento de extender sus alas y surcar los cielos del Anáhuac, sabedor de que tarde o temprano, su camino será iluminado por el infinito sol."

~•~

"Para alcanzar la victoria, hay que atreverse a fallar. Equivocarse no es malo, aceptar la derrota sin pelear sí lo es."

~•~

"¿Por qué temer a la muerte si es inevitable? ¿Por qué desperdiciar la vida si con cada instante se termina?

~•~

"El jaguar acecha desde las sombras por cautela, jamás por cobardía. Solo aquel que conoce bien a su presa puede tener éxito en la cacería."

~•~

"Los sueños no se cumplen, se construyen; camina, corre, arrástrate si es necesario, pero no nunca dejes de ir hacia adelante."

~•~

"La bondad no es una virtud, sino una obligación; cuidar de los demás no es signo de debilidad, lo es de grandeza."

~•~

"La sabiduría es un tesoro imperecedero. Entre más manos toca, más rico se torna, y entre más se comparte, más se hace grande. La sabiduría es la única herencia que podemos dejar a nuestros hijos. Recuerda bien que son los sabios y no los necios, quienes hacen que este mundo avance.

~•~

"La luna sueña con noches eternas y mantos de estrellas, mientras el sol anhela cielos azules y mañanas sin nubes.
Si uno lo tuviera todo, nada quedaría para el otro.
¿Vale la pena ser feliz, aunque otros sean desdichados? ¿O será bueno compartir la alegría, aunque esta solo dure un rato?"

~•~

"Caer es una parte importante de caminar; solo aquel que conozca el suelo será capaz de surcar los cielos."

~•~

"Sí, los miedos son piedras en el camino, pero tú eliges qué hacer con ellas: puedes usarlas para construir un puente, o puedes dejar que se apilen frente a ti y formen una muralla.
¿Qué elegirás? ¿Detenerte o avanzar?"
"La genuina humildad reside en los actos, no en las palabras. Si tienes que decirle a alguien que eres humilde, realmente no lo eres. De hecho, nunca lo fuiste."

~•~

"¿Quieres llegar lejos? Entonces comienza a caminar. Nadie ha alcanzado su destino permaneciendo sentado."

~•~

"...Y si repartes el amor que tienes, este crecerá en lugar de menguar; porque el abrazo que das, pronto viajará más lejos de lo que puedas imaginar, tocará nuevos corazones y estos tocarán a otros más... Nunca seas egoísta con el amor que tienes. Déjalo correr para que se pueda multiplicar..."

~•~

"Los sueños no saben de nobles o campesinos. Los sueños solo saben de gente que alza los brazos para alcanzarlos... Macehualtin o pipiltin, poco importa tu condición cuando te has decidido a ir más allá y comenzar a soñar."

~•~

"Que no te ensorbezcan tus actos, pues la vanidad es mala consejera.
Recuerda que el mejor premio, es haber hecho lo correcto."

~•~

"Somos polvo, y cuando alguien sopla sobre nosotros, nos damos cuenta de lo maravillosos e insignificantes que somos."

~•~

"No bajes el ritmo; la tortuga ganó la carrera porque jamás se detuvo a descansar."

~•~

"Hay que creer en la magia. No en esa que envuelve al sol en nubes púrpuras, ni en aquella que hace surgir relámpagos de la tierra; no, hay que creer en la magia que habita nuestro interior, la que nos hace levantarnos tras una derrota y mostrar una sonrisa ante el incierto porvenir. Hay que creer en la magia, esa que vive en ti, y en mí..."

~•~

"Los héroes no mueren mientras alguien les recuerde; viven en las letras de los libros y en las notas de los himnos; en el recuerdo de su gente y en las crónicas de sus hazañas. La única muerte posible para un héroe es el olvido."

~•~

"Voy a volar. Aunque el viento esté en mi contra. Aunque la lluvia me pegue en el rostro. Aunque el polvo en el camino nuble mi vista. Aun así, voy a volar..."

~•~

"Las malas acciones no te condenan en el Más Allá, sino aquí,
porque no te permiten ser feliz."

~•~

"El jaguar no aprende a cazar mirando a la hormiga, y la hormiga
no aprende a trabajar observando al tapir; cada cual sabe hacia
dónde va y cómo hará para llegar."

~•~

"Mis amados hijos: ¿por qué reniegan de la oscuridad? ¿Es que
acaso no entienden que sin ella no seriamos capaces de admirar
las estrellas?"

~•~

"Y sabrás que vas en la dirección correcta si escuchas el canto del
cenzontle y ves al quetzal volando por sobre tu cabeza; recuerda
no dar marcha atrás si las huellas del jaguar a tu lado ves pasar."

~•~

"Allá donde nada se mueve,
el viento sigue soplando.
Ahí aguarda paciente
que alguien, algún día,
simplemente despierte."

~•~

"Que no te derrote la pena, pues la tristeza es parte de la vida.
Alza la cara y despliega tus alas, porque al igual que el quetzal, tú
también puedes volar."

~•~

"Construye tus sueños sobre las nubes y terminarán

derrumbándose; álzalos sobre el frío suelo y acabarán olvidados; siémbralos en cambio entre el calor de tus manos y florecerán hasta ser realidad. El trabajo y en triunfo siempre van de la mano."

~•~

"Vuela. No importa si eres un águila colosal o una diminuta mariposa. Solo vuela. Extiende tus alas y déjate bañar por los rayos del sol; viaja a través de las nubes y aprovecha las corrientes de viento. Muy alto si quieres o muy bajo si así lo deseas. No importa, pero vuela. En este mundo donde todos quieren caminar, necesitamos gente que se atreva a volar."

~•~

"¿Qué es más valioso: portar un penacho con plumas de quetzal o conocer al ave y dejarla volar en libertad?"

~•~

"En este mundo nada está dicho. Incluso el sol podría olvidarse de salir mañana. Nada escrito hay en el libro de la vida, es más, quizá ese libro ni siquiera exista."

~•~

"Y así como llega la noche, también llega el día; que no te de miedo toparte con la tristeza, porque siempre e invariablemente, detrás de ella viene la alegría."

~•~

"Poco importa que hayas dejado de creer en los dioses, porque ellos igual siguen creyendo en ti."

~•~

"Dicen que somos parpadeos de estrellas, recuerdos lejanos de noches que ya no volverán; dicen que morimos más veces de las que vivimos, y que sólo reímos para no echarnos a llorar.

Dicen muchas cosas, pero pocas hay que escuchar; muchos labios saben cantar, pero pocos saben decir la verdad."

~●~

"Los sueños de los mortales son igual que las hojas del árbol durante el otoño: caerán irremediablemente, pero antes de tocar el suelo pueden llegar a donde sea..."

~●~

"En nuestro interior habitan dos almas distintas, dos colores opuestos, dos esencias que se contraponen la una a la otra constantemente y sin cesar... Mienten aquellos que dicen que una puede vencer a la otra, porque nadie es capaz de ser sueño sin antes haber sido pesadilla... ¿O es que tú podrías jurar que siempre has sido luz y nunca oscuridad?"

~●~

"Prefiero vivir lleno de errores a morir lleno de arrepentimientos."

~●~

"No hay límites en el cielo para el águila que se ha decidido a volar; atravesará las nubes, se volverá viento, y descubrirá que las fronteras solo existieron en su pensamiento."

~●~

"En la carrera de la vida, el único corredor al que tienes que rebasar es a ti mismo."

~●~

"¿Quieres ser valiente? Pues entonces no rehúyas a tener miedo. Si no hay noches en tu cielo, ¿cómo esperas que en algún momento salga el sol?"

~●~

"La primavera se termina, pero el sol no."

~•~

"Piénsalo bien antes de levantar la mano contra tus hermanos; el mal que hagas en la tierra, te perseguirá por toda la eternidad."

~•~

"No somos otra cosa más que sueños: algunos rotos, otros realizados, unos más por cumplir... Pero solo eso somos, sueños, pensamientos de barro y cristal, que en cualquier momento y bajo cualquier circunstancia, se pueden quebrar."

~•~

"Sí, es posible convertir a un minúsculo puño de tierra en una enorme montaña; pero necesitas humildad para empezar desde el suelo, constancia para hacerlo más grande y paciencia para verlo convertirse en un gigante."

~•~

"¿Y si en lugar de preocuparnos porque vamos a morir, nos preocupamos por comenzar a vivir?"

~•~

"Y cuando se marchita la flor, ¿a dónde va su belleza? ¿perece en el olvido? ¿o vive en el recuerdo?"

~•~

"El mejor Tlatoani es aquel que siempre tiene tiempo para oler las flores y afilar todas sus flechas antes de que caiga la noche."

~•~

"Si le cuentas tus secretos al sol, estos le pertenecerán al día. Si se los dices a la luna, entonces serán propiedad de la noche. Pero si los guardas para ti, siempre serán tuyos."

~•~

"Y cuando llega la noche; ¿Te preparas para ir a dormir? ¿O te alistas para ir a soñar?"

~•~

"Mira el horizonte: el sol está brillando otra vez. Si él se ha levantado después de caer, ¿acaso no puedes hacerlo tú también?"

~•~

"Ser neutral no significa ser indiferente."

~•~

"Y cuando asciendas al trono, recuerda que estás ahí porque otros te sostienen; que nada eres sin el campesino que siembra el maíz, el artesano que fabrica vasijas o el guerrero que arrastra los pies tras una cruel batalla; no olvides que esa gente nada te debe, y que, por el contrario, tú a ellos les debes todo..."

~•~

"Dime, ¿quién es en verdad el llamado "pobre"?
¿Aquel que no tiene nada y alarga la mano para recibir algo? ¿O ese que pudiendo dar algo es incapaz de tender el brazo?"

~•~

"Ningún esfuerzo debe de ser considerado pequeño; incluso las más grandes travesías inician con un solo paso."

~•~

"No dejes que te atormente el pasado; realmente no interesa de dónde vienes, lo único que en verdad importa es a dónde vas..."

~•~

"Los sueños jamás se rompen, solo cambian de color y forma. Nunca se destruyen, únicamente viajan en diferentes direcciones, buscando nuevos motivos, buscando nuevas razones..."

~•~

"Nunca he perdido una batalla. Algunas veces, gano; otras veces, aprendo."

~•~

"La vida es un volcán gigantesco, y tú eres apenas una minúscula hormiga. Sin embargo, no debes rendirte; recuerda que incluso el mismo sol empezó siendo tan solo un pequeño rayo de luz."

~•~

"Las mazorcas cosechadas antes de tiempo siempre son amargas. Los frutos de la tierra no se recogen ni antes ni después, sino justo cuando debe ser..."

~•~

"El amor es la única magia verdadera en este mundo; incluso el mismo tiempo se detiene cuando dos personas que se aman se miran a los ojos."

~•~

"¿Acaso a la luna le preocupa la inminencia de un lejano eclipse? ¿Entonces por qué a ti te preocupa lo que pueda o no pasar el día de mañana?"

~•~

"¿Sabes por qué la sabiduría de las mujeres es infinita? Es porque una mujer siempre lo recuerda todo y jamás olvida nada..."

~•~

"Te deseo una vida larga como la de la tortuga e intensa como la del colibrí; profunda como el mar azul y brillante como el sol; libre como la mariposa, y vibrante como tú."

~•~

"El tiempo no le pertenece a nadie, por eso escapa de nuestras manos cuando intentamos atraparlo. Vivir sin miedo es la única forma de entenderlo y valorarlo."

~•~

"No le llames <<indígena>> a aquel que preserva la pureza de su sangre.
Entiende que no es una minoría, sino una reliquia;
el vestigio de una pasado glorioso y la realidad de un doloroso presente.
No le des una moneda, porque no desea tu caridad, sino tu amistad.
No le llames <<indígena>>, llámale <<hermano>>, porque eso es lo que es..."

~•~

"Escuchar la música de los tambores me hace feliz.
Escuchar la música de los tambores me hace volver a vivir..."

~•~

"Pasa, pasa,
no te quedes
en la puerta,
mi querido niño;
toma una taza
de hirviente xocolatl
y siéntate aquí
frente al fuego.
Cierra tus ojos
y abre tu mente,
que deseo contarte
mil historias
sobre la grandeza
de nuestro pueblo,

y lo profundo
de sus raíces.
Ven, dale un trago
a tu espeso xocolatl,
para que la amargura
del presente
no empañe
la dulzura del pasado."

~•~

"La única forma de superar el pasado es viviendo el presente y
mirando hacia el futuro."

~•~

"Lo que ha de consumir el fuego no podrá ser salvado; ni por el
más poderoso diluvio, ni por el más feroz de los vientos."

~•~

"Y si te digo que abras bien los ojos, es porque no quiero que te
deslumbre el falso brillo; recuerda que ni las plumas ni el oro
hacen al noble, sino la pureza de su corazón y sus actos."

~•~

"Nuestra existencia es tan breve como el parpadeo de un dios, tan
fugaz como un instante en las cascadas del tiempo, tan solo un
suspiro interrumpido por la inmensa eternidad."

~•~

"¿Puedes oír el eco de los tambores? Es el llamado a la batalla
más épica de todas, esa a la que los dioses han llamado "vida"..."

~•~

"Nunca olvides, mi pequeña semillita, que eres tú quien gira
alrededor del universo, y que nunca sucederá al revés."

~•~

"Ayer pesqué dos sueños rotos: como estaban defectuosos, se los regresé al cielo; que los dioses vean que hacer con ellos..."

~•~

"Mantén tu palabra. Las promesas se hicieron para ser cumplidas."

~•~

"Los libros son criaturas inmortales; mueren cada vez que alguien pasa su última página, y regresan a la vida cuando alguien los vuelve a leer."

~•~

"La poesía es un estado de la mente; tan intenso como la confusión o el dolor, y tan verdadero como el miedo o el amor."

~•~

"Es curioso; el día en que comenzamos a vivir, también empezamos a morir..."

~•~

"No me mires como si tuviera todas las respuestas, porque hay veces en que ni siquiera tengo mis propias preguntas..."

~•~

"Pensar es una tarea complicada. Trato continuamente de evitarla, pero al final siempre me atrapa."

◄ ►

"El Mictlán susurra mi nombre, pero aún no estoy listo para atender su llamado; todavía me quedan aguas por explorar y corazones que tocar. Déjame permanecer en este mundo al que tanto amo, permite que me quede siempre a tu lado..."

Axolotl y el fantasma de la extinción

Sobre el autor:

Jorge Daniel Abrego Valdés (Ciudad de México, 28 de Octubre de 1983), escritor mexicano, con una licenciatura en Mercadotecnia y una maestría en Dirección de Proyectos.

Maneja él mismo sus redes sociales bajo el seudónimo de "Viento del Sur". En Facebook puedes encontrar su página de cuentos en Facebook.com/loscuentosdevientodelsur. Tanto en Twitter como Instagram puedes seguirlo en viento_del_sur1.

Otras obras de J. D. Abrego:

El dios de los insectos(Los Cuentos de Viento del Sur Vol. 0)
De dioses y otros demonios (Los cuentos de Viento del Sur Vol. 1)
Más allá del Quinto Sol (Los Cuentos de Viento del Sur Vol. 2)
Reino Animal (Los Cuentos de Viento del Sur Vol. 3)
De viaje por el mundo (Los Cuentos de Viento del Sur Vol. 4)
Fabulas Exspiravit(Los Cuentos de Viento del Sur Vol. 5)
CF-MX(Los Cuentos de Viento del Sur Vol. 6)
Me lo contaron en el Lago de la Luna(Los Cuentos de Viento del Sur Vol. 7)
Hay héroes entre nosotros(Los Cuentos de Viento del Sur Vol. 8)
Como tú, como yo(Los Cuentos de Viento del Sur Vol. 9)
La Ciencia de Dios(Los Cuentos de Viento del Sur Vol. 10)
Ocaso en el Anáhuac(Los Cuentos de Viento del Sur Vol. 11)
Cocotón(Los Cuentos de Viento del Sur Vol. 12)
Roma Versus Mundus(Los Cuentos de Viento del Sur Vol. 13)
Los Cinco Soles(Los Cuentos de Viento del Sur Vol. 14)
Animalia(Los Cuentos de Viento del Sur Vol. 15)
Mitos del Mundo(Los Cuentos de Viento del Sur Vol. 16)
Lore: la niña del balón.
La casa de los Tetramorfos
Cherub: las crónicas de Erael
Cherub: las crónicas de O´l mechaak
Cuentos para la Cuarentena
Lieber Freund
Purga Digital